こういう女・施療室にて

TaikO hiRabayashi

平林たい子

P+D BOOKS
小学館

目次

こういう女

温度表の上では「奔馬性」という言葉そのままに、狂った馬が恐ろしい勢いで地を蹴って奔《はし》って行くような熱の高低が不揃に毎日繰返された。低い谷では三十六度を割っていることもあり、高い峰では三十九度の線をさえ跨《また》いでしまっていることもあった。

小さい病院の一室に、平で安固な一畳の寝場所をやっと得ることができた私は、さきのことはともあれ、今はただ真っしぐらにしばしの忙しさで病み足らなかった病気のつづきをいそいで病み継ごうとするかのように病気の中に惑溺して行った。

阿片やモルヒネは知らないとしても、酒の泥酔や眠りの熟睡には比較すべくもない陶酔の境地だった。

ときどき、その裂れ目から冱《さ》えた病気の現実とでもいいたいものが覗いた。

否応なしにそのとき目に入るものは、腹掛のようにふくれ上った腹膜炎の腹だった。熱が低いときのこせこせした胸算用から、尿を多く出すことを、金を稼いで貯めるほど律儀に励もうとしてもだんだん便所へ行くのもむずかしくなっていた。自ら励まし励まし床の上に手を突きながら、立ち上って便所に行くまでには微妙な心臓の気合いをしばらく待たなければならないのだった。

壁づたいに便所に行き着けても、便所の中では膝を折って坐るほかなかった。しかしその不浄な場所も坐るほどなじんでしまえば好ましい孤独なかくれ家だった。立ち上るため床へ手を突くのには何の躊躇《ちゆうちよ》もいらないほど身近な――。

そして寝床にかえって来てしばらくは、睡《ねむ》りを醒まされた心臓のけだもののような猛りを見《み》戍《まも》らなければならなかった。

心臓は折々狂い狂って、私の手綱を振り放して勝手に駈け出しもした。時には凄《すさま》じい進軍になって自ら血管を蹴破ってしまうかと思うほどの動悸を打って血行の関所関所を攻めた。

そんな時唇は桑の実色に、足首は徳利のように冷たくなり、顔から夕立のように汗が流れて両脛《りょうはぎ》はひとりでにくの字なりに内へ曲り込んだ。

温度表で熱線の青い山脈の上に百二三十もの脈の赤線が所々噴火の如く躍り上っているのを見てぎょっとした時から自分で脈を数えることも覚えたのも、病気の落し穽《あな》深く落ち込む結果を生んでしまった。

半噛《はんかじ》りの知識で心臓の異状が腹膜炎の副作用だと知ったことも手伝って、ときどき生理運行上の何かの啓示を感じるときにはよく私の右手の指は、左手の拇指《おやゆび》の上へ、脈搏の託宣をうかがいに大慌てに走り寄った。

はるか離れた胸のあたりで働き疲れた心臓が一匹の動物の断末魔を思わせるように弱々しく痙攣《けいれん》しているさまがそこへは手にとるように響いて来た。それを知ってハッとすることが、さらにその動物に一鞭《ひとむち》あてることになって、心臓はさらに小刻みに力なく走り出した。そうして日に幾度でも私は生命の崖の果に追いつめられて、危急のように医者をよび、カンフルを打って貰うほかなかった。

その注射液の痛い刺戟で、睡り込もうとする生命の睡気を醒まして貰おうとでもいうように私は一所懸命なのだった。

また夜中にふと目ざめてすぐ腕の脈にさわり、そんな深夜自分が不覚にも眠り痴れていたときにさえ、心臓が怠けもせず陰日向もせず正確に働いていていてくれたことを知った時の忝《かたじけな》さ。それを感謝する愚かしさ。遂にはその心臓の働きをいかに私の生命が支配しようとしても所詮《しょせん》私の支配の外に独立した生命を営んでいるものだと否応なしに考えさせられて、毅然たる人格に対するのと同じ畏怖を抱かせられた。

が、時にはまたすべての愚かしさを見下す高い目が見るに見兼ねて、枕元の温度表をとろうとする手許に、

――知るな。感じるな。ただ信じて行け――

と凛とした掛声をかけて温度表をとりかかった手を痺《しび》れたように動かなくすることもあった。

しかし、結局日に二三度は手にとってしげしげと熱や脈の線を見ることによって、私の温度表は誰のよりも汚れて頁がよれ返っていた。

その頁を指で伸ばす私の気持には――自分こそ病気の恐ろしさをほんとうに知る者で敵の力を知る者にのみ最後の勝利は与えられるのだ――。

という不敵な誇が何故ともなく輝いていた。その誇が嵩《こう》じた果には、

――我が病を病まん――

と昂然空嘯《そらうそぶ》いている自分自身を見出すことさえあるのだった。

こうして、捕えようもない心の姿を追い回しているうちに、自分がかつて芸術を愛したようなひたむきな情熱をもって病気を熱愛していることに思い至って思わず苦笑した。

かつて健かなりし日に芸術の上で遂げ得なかった生命の感動を、私は今一心に病気を病むことで遂げようとしているのではあるまいか。

たしかに美しい芸術と醜い病気との間には何か一つだけ共通するおろそかならぬ命がけのものがあると思えた。

その命がけのものが悲しくて悲しくて涙はときどき枕の上に滴《したた》った。自分の病気を泣きながら、自分の芸術を泣いた。

こうして私が病気三昧に耽っている間にも私の寝ている床のまわりには、目に見えないあるものが堆《うずたか》く積もりつつあった。

私は、大して顔見知りでもない警察官Y氏の口利きで、見も知らぬ外科病院の一室に、押し強くもぬくぬくと寝て日を過ごしているのであった。

人それぞれが各自を賄《まかな》った後、人に頒ち与える好意や同情には限りがある。この人達が自分に与えるべき同情の容器は、もう山盛りで溢れそうになっていると私は暫く前から思いはじめていた。

折々見舞ってくれるY氏がこの病院に対して私と同じ負い目を感じているだろうことを思え

ば、その負い目も私の肩に肩替りして来た。

病室は主に盲腸炎の手術患者で三日にあげずいっぱいになり、惜しい患者を他の病院へ回しているさまが階下からひびく四言か五言の電話の返事で痛いほど私の耳に刺さった。そういう気分に片足をかけてみると窓外の広い屋根で菊作りをしている小使が、

「誰だ紙屑籠をこんな所へ出しておくのは」

とどなっているのも、ここに一人しかいない呼吸器患者の私が、痰を拭いた紙を入れている汚い籠をこんな所へ置く不衛生を罵っているものと、取って取れないことはないのだった。

それに、私は、いよいよ我慢にも便所へ行けなくなって、病院付の看護婦の親切で、朝手術室の繃帯やガーゼを洗ったあとの時間に床わきに置く大きい便器を捨てて洗って消毒までして貰っていた。

「ほんとうにすみませんけれどね。あなたにお縋《すが》りするよりほかどうにも考えようがないんですよ。お願いです。私の使う便器を一日に一回ずつでよいから捨てて来て下さいませんか」

と私は脈をとりに来た彼女に言ったのだった。

「ああ、そんなことなら御心配なく。私もね、貴女が歩いて行かれるのを見てこりゃいけないなとこないだから思っていたんですのよ」

と彼女はやすやすと引き受けてくれたのだった。

私は、最初にこの部屋へ這入って来たときからこの地道な美しくない娘の内側に、体温のよ

うな平凡な温かさが、一寸触れただけでは誰も気がつかない程低く穏やかに流れているのを素早く見てとっていた。私の冷えた魂は、食事の膳運びや湿布をはじめ、事毎に彼女をたよらねばならぬ打算に導かれて、逸早《いちはや》くその温かさを嗅ぎつけていたといった方が適当かも知れなかった。

私は、小さいカーブではあるけれどもこのカーブでも運命がとに角自分の才覚によって啓開されたことを感じ、満足を覚えるのと一緒に自分の性格についてある嫌悪を感じないではいられなかった。一人の人間の性格は他人から見える面だけで構成されていないように、自分から見える面だけでも構成されていないことを、過日来の成行きを思い起して、私は痛く感じていたのだった。もしも私が自分の表面に感じるだけの意志薄弱な、感じやすい、小獣のようにたえずびくびくと耳を聳《そばだ》てているだけの人間ならば、どうして今日このように縁もゆかりもないY氏を馳《はし》らせ、一銭の支払の用意もなしに見知らぬ病院の一室に押し強くも寝ていることができようか。

実の所、私は、この次の局面弥縫策《びほうさく》として、旧知の某氏にあててここへ来た次の日、眩惑と悪感とを押して床の上に坐り、一本の相当長い助力を乞う手紙をかいて出していた。その返事は遂に来なかった。そこで日を置いてまた別の日、別の某氏へ同じ意味の手紙をかいて投函して貰った。

その手紙もまた大都会の混沌の中に吸い込まれて行ったきり、何の手ごたえもなかった。

蜘蛛糸よりもたよりない糸であったにしろ、私にとってただ一つの頼みの綱はそれでぷっつり切れていた。

しかし、とにかく、当面の緊急事たる便器の問題だけは病院の看護婦に泣きつくことで取り繕えて、心がその部分でだけは放たれて自由に遊ぶのを覚えた。

便器を置くようになると廊下あたりで輪舞していた蠅がそれといわぬばかりに室の中へとび込んで来て、一日中患者たちの上をとび回り、夜はまつ毛のような小さい足を張って天井に獅《し》噛《が》みついて泊まるようになった。

隣の脱腸患者は、その成行きを見て早速別室に替って行った。次に来た痔の患者も一日いただけで別室を要求しはじめた。

しかし、現実の上高く魂の線を架した私はできるだけその上を高踏しようと努力して目に入って来る現実の小道具は見つつ見なかった。

「押しの強い薹《とう》のたった女一人、ここに梃子《てこ》で動かしても動かないで寝ている」

私はいっそ、こんな風に自分を面白く言って何かとまぎらすより外なかった。そうして、全身病気の中に浸りながら、頭だけは擡《もた》げてあれこれの策をめぐらしている意力的な女を描いてよい意味にも悪い意味にも自分と思うのであった。

これらのこせこせした煩いは、一方の、現実を高踏しようとしている努力に牽制されて、非常に抽象的な形となって生まれ変った。

病気の経過への関心は次第に生死の問題と変って行った。また、自分の貧しさを縦から見たり横から見たりする努力は、やがて財産というような一般的な問題となって私の思索の中に生まれ出た。

私は、幾度目かの絶体絶命を今経験しながら、私一個のためばかりではなく、私を容れている連帯の世間の迷惑を防ぐためにもいつこの位の病気にかかっても自力で回復するだけの財産をもつべきではなかったか、という命題に逢着しているのであった。

財産。生まれて三十何年目に私ははじめて正面からこの問題に打つかった。いや、今までにも幾度か仮装したこの問題には突当り突当りして来たに違いなかったが、幾重にも私の頭を掩っていた主観の綿が直接の打撃を脳髄に与えることを防いでいたままに、その打撃が露《む》き出しの私に与える力の大きさを、迂闊《うかつ》にも知らずに過ごして来たのであった。

一年で言ったら、一番日の永い夏にも該当すべき三十歳の日に、私は時々気まぐれに、子のない財産のない自分の将来を思って見たことはあった。そして、虫けらの蟻さえ孜々《しし》として餌を運んでいるこの辛い世の中に、養老院だの施療病院だのと映画のセットのような実用にならぬものをあてにして、見るべきものに目をつぶり、聞くべきものに耳を塞いで自分の歌ばかり歌って来た。

勿論、それには身辺の小さい日常事を掻っさらって投げ込んでも悔いない若い情熱の激流がたぎっているにはいたからでもあった。

家計簿の頁を繰る代りに「国家・家族・私有財産の起源」の頁を繰っていた視角からは、老後とか病時とかいう停滞の日は思うこともできない程生活は激しい流と見えた。

所が、使っても使っても使い切れない湯水の様に思われた青春の日がいつか使い切れたのと同時に、生活を回転させていた軸の回転が急に緩くなる時代が襲来して、浮々した跳躍をたのしんでいた私はいやという程現実の大地に打突かった。そしてはじめての如くに現実の硬さと痛さとを知ったのだった。

財産――自分を生きかえらせるに足るだけの財産――、私は、どんな誰よりも激しい飢えと渇きとを旗の先に立てて、一たん足蹴《あしげ》にして来たその地点を回れ右で再び訪れなくてはならないことになったのだった。

「ああ、いやだ。いやだ。……」

という投げやりの言葉は幾度も私の唇から洩れた。またその度数に何十倍するほど何度か心では、その苦さを玩味してもみた。

しかし、私は生きようとしていた。何をどうしても生きようとしていた。最初この病気を知ったとき自らが自らに誓った生還の誓いは、いう所の鉄の誓いにも比すべき誓いだった。

「人間はこんな不幸のために死ぬべきではない」という憤りの焔が間歇的に私を焙《あぶ》りたてているのであった。いや、そんな理屈ではない。ただ生きたいのだった。どうしても生きたいのだった。かつてどうしても私が生まれなければならなかったように、愛さなければならなかったように、反抗しなければならなかったように、それは一片の理屈の袋に押し込めることのできない宇宙ほどの大きさの衝動だった。

気持が低い所を這いはじめると、それなりの視野が目に与えられた。

入院料が日に何円で処置料が何十円、それに雇い入れる看護婦の費用や日々運び込まれてくる舶来果実のさまざまな色や形の語る値段などを考えてみると、それらをもたらしてくる入院患者の財産というものは、ある程度に蓄積された所で独り歩きをはじめている、という風に私には考えられるのであった。

実際のところこんな小さい病院の狭い入れ込みの室に入院しようとする階級は、階級としては私の手のとどかないような所の人達だとは思えなかった。

ただ、そこには彼等と私とがひろげている日常生活の相違があった。彼等の日常生活からは貯蓄という点滴がいつも滴っているのに、なぜか私の日常生活はつねにむしろ潤いを求めていたようなものだったと思えるのだった。

こんなことを考えながら粥《かゆ》の箸を運んでいると、

「結局どうするのだ。ここの払いは」

という攻撃とも警告ともつかない質問が閃いて、小石を嚙み当てたほどにもはっとして動いている顎をとめることがあった。日に三度の食事を三度の闘いと考えて、片手には嘔吐物を受けるコップをもち、粥の中には氷を入れて、吐くそばからそばから吐いた分位ずつ嚙まずに呑み込んでいるみじめな食欲は、その自問で打ち毀《こわ》された。

私は、食物を取り上げられたと同じ憾《うら》みを残しながら、銀色の美しい粥を残したまま碗を置いて食後にきまって襲うひそやかな動悸に聞き入るのだった。

医者と看護婦とを相手に二言か三言喋るよりほか口を利く相手もない私は、枕元にある小さい焼焦げのある手鏡をとって、一時間でも二時間でも石油色の鏡面を覗きこんで、病気を見つめる気持を引き離そうと努力することにしていた。淡い幻のように過ぎ去った日の思い出が頭の中をかすめてとおった。

ある日も、私は若い日の幾こまかの場面を絵葉書のようにひろげて儚《はかな》んで思おうか、微笑んで思おうかの気分の岐路で淡い哀愁を味わっていた。

そのとき、

「――さん、――さん」

と私をよぶ声があって、長い独思から放たれた。

よく人が入れ替る私のすぐそばの寝場所を一人おいて、その向うの鼻の高い女を見舞っているその夫が私をやさしく呼んで、アイスクリームを呉れようとしているのだった。

人に口を利くのも息苦しいこの頃の病状から、この人とは一番長い馴染でありながら挨拶より外したことがなかったが、ふと昨日、

「ああ、大分熱が下った、七度六分……」

と検温器を透かしている私に向ってその時にも来ていたその夫が、

「失礼ですけれど貴女のお腹の毛布の持上り方じゃまだそんなに下る筈はありませんね。熱さましがふえたんでしょうから欺されない方がいいですね」

と横から澄んだ品のよい声をかけたのが話をするはじめだった。きけば、この妻も昨年肋膜を病んだことがあり、この病気に関したこまかい経験を二人は代る代る教えてくれた。

美しく気の強い女給上りとも見れば見える情人の様な妻に対して、夫は気が弱そうで若葉を見るように痛々しい若者だった。

話の様子では最近何かの事情で有名な食糧品会社をやめたばかりらしく、今は当座の腰掛に近くの町会事務所に勤めて、仕事の暇々にはワイシャツの袖をめくり上げて日に何回となく色々な口実をつけて見舞に来た。彼女の顔を見ずには落着くことのできない心のさまが硝子の中のように透けて見えている口実だった。

じっと見ていると並々ならぬ睦《むつま》しさの中に男が女の魅力に打込んで真直ぐに立っていることもできないほど惹き寄せられている様がいかにも見えた。どうやら男がその大会社をやめて不本意な町会づとめを余儀なくしてそれに甘んじている事情にもこの妻との怨み多い成行きの彩が絡んでいると想像できないでもなかった。

看護婦たちは半ば好奇とやっかみから色々言っているらしかったが、女として、愛そのことだけに限って言えば、男が自分の心に一物の私有物をもとどめ得ないほど女に溶け込んでいるということは素直に祝ってやってよいことだと私は思った。

汗の汚点のできた枕の上でその夫婦の会話を見るともなく聞くともなく観察しながら、いつの間にか私は目が倒さに映るものを立て直して知覚する様な作用でごく自然にその夫婦の姿を自分達夫婦の姿に入れかえて見ていた。

かつて夫の姿が胸に現れるたびに灼けた鉄板に液体が落ちたほどの凄じい物思いを味わった私は遠くへだてて時がたつにつれて、今は、沈痛な思いで、彼の心と重い鎖でつなぎ合わされた自分の心の姿を黙して見詰めるようになっていた。

それにしても、この若い夫婦が愛情を派手に使い散らし合っているのを見るにつけ、自分の心の大部分が夫にあずけてあるために手許に残った心が貧しく萎《しぼ》んでくるような物足らなさをどうしようもなかった。

半ばはそんな充たされない気持から、半ばは娘にかえったような憧れから私は手頃な雛を弄《もてあそ》ぶような気持で二人を遠くから見ていたのだった。

アイスクリームを貰った午後、二人をへだてた真中の患者が退院したので、私と彼女とは急に近しくなった。

彼女は不思議な程私の余儀ない身の上を知って居り、それが彼女の気持をしきりに誘うらしく、

「何も思わないこと。何にも。ね――さん。人間は病気になったときにはだまって人の世話に

なってもよいと思うわ。その代り、治ったときには、うんとまた人のために働いてあげるんですわね」

あいた藁《わら》布団ごしに彼女は疳高い声で励ますように言った。実際には通用しない紋切型の考えとは思いながら切羽詰った今の場合、その考えの筋道には私を甘やかして惹いて行く蜜のような甘いものがあるのを覚えた。

共通した話題が乏しい上に、先方が私の身の上を知っている所から誘い出すものがあって、話題は自然に一身上のことにとかく亘って行った。

彼女の夫は母親が再婚するとき実家に置いて行った一人子で、義理のある家で成長した。そして、彼女と結婚するについての紛争からその家を出てしまった。所が彼女が肋膜を病んで二人は新婚早々から苦難の道を歩まなければならなかった。

愛と病苦との戯れ。私は、彼女の語り出すけばけばしい原色の愛の物語に、さらに尾鰭《おひれ》を加えて病弱な美しい熱情的な妻と、純情で嫋々《なよなよ》とした青年との盥《たらい》も風呂桶も白木で真新しい郊外の生活を思った。

彼女が病上りで洗濯をすれば夫がそばで井戸ポンプをついてくれたという。彼女が肩の凝りを訴えれば外から見える障子をしめて夫が肩を揉んでくれたという。さもあろう。さもあろう。

私はその夫婦の綯《な》い合わせが、ただその糸一種類だけで綯ってあることに或る淋しさを感じながらも、自分達夫婦のような苦しい結びつき方はこの世のどの夫婦にもして貰いたくないと希《ねが》わずには居られなかった。

「ただ、たのしみ合うだけの夫婦なら、勿論問題じゃないですけれどね、苦しみ合うにしても、病気やお金の苦しみだけならまだまだなのよ。この世には思いも及ばない行き方の夫婦もあるんですからねえ」

声を出す度に跛《びっこ》をひく脈を拇指の腹でさわりながら低い声を出していると、呼吸切れも手伝って私の言葉は痙攣しているように間歇的だった。

「えええそれは貴女の場合は勿論――」

と言いかけて彼女は何枚かの畳を越えて私を見ている目をぴかりと光らした。

「――さん、私は何でもよく知っているでしょう。実はね、あなたの仰有《おつしや》っているその意味もちゃんと知っていますのよ」

私はこの夫婦の言葉がときどき私の背後にかくしてあるものをひょいひょいと指さすのをこないだからいぶかしいことに思っていた。が、それはY氏を通じて病院の看護婦あたりから伝わるものだろうと思っていた。いずれにしても、できるだけその話題は伸ばさないで枝を摘むように摘むようにと仕向けて来たのだった。

しかし、今こう改まって告げられると渋々でも、

「どうして一体何を御存知なの」

と聞き返さないわけには行かなかった。

「私言うまいと思っていたんですけれど、ここまで言ってしまえば同じだわ。貴女は石山さんという人を御存知でしょう。あの人から私達みんな貴女のことうかがっていますのよ」

そういう名前は私の記憶になかった。それがY氏の上官たる××警察の警部補だとわかるまでは幾瞬間かが必要だった。それにしてもどうして石山警部補がこの人達とそんなに親しい知合いなのだろうかと問い返すまでもなく、

「貴女は御存知かも知りませんけれど、石山さんはあれ以来警察をやめて、夫人《おっと》と同じ町会に出ているんですよ」

「主任さんが町会に——」

と私は思わず小さい声で叫ばずにはいられなかった。石山さんだの石山警部補だのと言えばこそ私に迂遠な名前であったが、私がそこにかかわった頃私の扱われた部署で「主任」といえば、それだけであの鼻の形も丸い目も、全体としてあがらない彼の風貌の全部を言い現していたのだった。まして私にとっては、その抽象的な二字の役名をそっと言うだけで、こんぐらかった息苦しい記憶の絵図が忽ち心の中に映写されはじめるほど、忘れるに忘れられない名前でもあった。

長い物思いのベルトの或る個所に、ときどき雲間から陽光を見たほど心愉しさの照らすときがあって、或る時、こんな機会に昔から恩を受けた人や感謝すべき人の名前を心の帳簿にちゃんと記しておこうということを考え、一心に動悸とたたかいながら、半生に触れて来た人の名

前を挙げてみたことがあった。その中には、自分の才能を発見してくれた小学校の熱情的な教師もあった。放浪同様な旅先で月給十六円で雇ってくれた三等郵便局長もあった。そして、「恩を受けた」というわけではないけれども、この石山氏の名前も何故か一緒に呼び上げられたのだった。

しかし、人の情が恋しい現在、昔の恩誼《おんぎ》など思いかえすことは、善い事であるより先に時と場合の感じが来て浅ましく情ないものに感じられてそんな物思いは中断してしまった。

そうして、私はその時にもややしばらくそのあとで石山氏だけを取り上げて、何と言ったらよいかわからない悲しい因縁を思いかえした。あの当時私からも切にとどめた筈ではあったが、彼が今頃は警察の飯を食うのを或いはやめていはしないかということも一度は考えてみたことのあることであった。

彼は警察をやめた。しかも恩給年限のたった二年前に。そうして前途に昇進の希望もない町会事務員になった。私はそう承認するとすぐそれは一体誰のためであったかを思わないわけには行かなかった。そこに出て来た憎い者の名は外ならぬこの私の名であった。

しかし、また、考えてみると、私がこんな病気に取りつかれて死と生との間を夢遊病者のようにに彷徨しているのも、強いて言えば彼とのいきさつから始まったことだといえば言えるのだった。相身互いだといえばそれまでだが、負い目の点ではやっぱり秤は私の方へうんと下るのを感じないわけには行かないのだった。

それはまだ、日本が中華民国のあちこちに日の丸を立てて進撃している頃であった。

その頃、私と別にアパートに書斎をもっていた夫は、ある知人の訪問を受けて、社会運動資金として巨額の金を提供する申出を受けた。その人の受けて来た教養や日常生活の関係方面から想像して、その金がどこから出るのかは推定するに難くなかった。が、それはとも角として、運動の名に於いて授受する金は、一個人の一存では定めかねるものであるし、また、夫の信念から言って、そういう性質の援助によって日本の社会運動を展開させるのには心済まぬものがあった。それ以外にも何か理由があったかも知れない。

夫は、その場の用心ぶかい大人のゼスチュアとして、そのことには一言の返答も与えずに知人をかえした。

そのままそのことは忘れてしまった頃、ある日私と一緒に用事で外出した夫は、その頃私達が住んでいたある宿屋の離室《はなれ》に帰って来て、その不在中に、先日の知人が来訪したことを黒板で知った。

一寸夫の表情が緊張したのを見た私の質問で、夫は以上の出来事を語り、多分今日の来訪は、間に経った時間の長さから見て、知人がその金をとって帰って来て訪ねたものと思われると言った。

日本の社会運動のどの方面でも金は涸渇《こかつ》していた。主義主張の闘いである選挙戦さえ実はその一つ手前の金の闘いだった。当の我等自身、マルクス・エンゲルス全集を質に入れる程窮していた。どちらに向いても、掌をひろげた手が無数に突き出されているような中にあって、夫がその態度をとったことに私は勇気と恃《たの》むべき矜持《きようじ》を見て、尚激励した。知人は、前に会ったときから夫の態度を大体見てとっていたので、それきり連絡もして来ず事柄はそれだけで忘れられてしまった。

所が、ある早朝、その前日から、私の方へ来ていた夫を探して、所轄警察のその方の主任の石山警部補が部下を一人つれ、狭い裏門の鍵をどうしてあけたのか突然戸口に立った。夏の短夜《みじかよ》ではあったけれども空は青磁色で、三粒四粒の大きい星が光彩を失った白いガラスのような光で燃えていた。その時間の常識から言って、ただの視察でないことはすぐに直感できた。

法律と擦れ擦れに生きる者の妻として、以前私は、深夜の自動車の爆音さえ一種の緊張なしには一度だって聞かなかった。以前の検挙の手つづきとして、警視庁の自動車が目論む人物の家のそばまで乗りつけて、その人をのせて行くのが普通であったから。しかし、この頃では、警視庁からその人物の住む地域の警察に指令が来て、その署の警官が連行し、自分の署に身柄をあずかっておくのが通常となっていた。

はたして、用向は訊ねない先に、先方から直感どおりのことを言った。

ただ、指令の手配だけ受けて事を運びに来た石山氏は、恐らく深い事情も知らず、自分が発起していない気持の淡さから、またあとで考えて見れば本来の警官になり切れない性格から、こういう役目を負った者の当惑をさえ少々現してぽつんと立っていたのだった。

私はそんな曖昧な表情を宥《ゆる》さない熾烈《しれつ》な一瞥を突き刺してやってから、食事を済ますまで待ってくれという意味を石でも投げつけるように言った。

しかし、食卓の前に坐った私の手はわなわなして茶壺のふたさえとれなかった。

石山氏は何か考えるような目をしてあけ払った隣の間の方を見ていたが、少し躊躇してから靴をぬいで上って来た。その手に今ぬいだ靴が用心ぶかく握られている所に彼等の職業上の憎い訓練があった。隣室の窓から隣家の方へ夫が逃げ出した場合にそなえていることは私の目にありありとよめた。

その手の靴をちらと見てのかえりの視線と石山氏が私を何気なく見下した視線とは発止《はっし》と合った。

うっかり職業の殻から脱け出てきた生身の心の肌に私の注視がヒヤリと触れたらしい手応えが、その表情に見えた。石山氏は気弱な視線を転じて再びもう私の顔を見ようとはしなかった。

食事をしながら冷静に考えてみると、石山氏がこういう目的で来るに至った事情は過日知人との間にあった資金問題と関連していることが判断できた。

その知人がどうやら検挙されているらしい噂をつい二三日前夫は耳に挟んでいた。そのことならば簡単だからすぐかえれると夫は言った。私も、

「そうですとも。勿論」

と相槌を打つには打った。しかし、もっと悪い予想をもそっと並べていた。夫も同じだったかも知れなかった。もう幾度か経験した筈だったけれども、こういう時の辛い気持ははじめて経験したときと少しも変らなかった。

私はやたらに心いそいで、悠々箸を運ぶ夫の後に回って、煩さがられながら髪を梳《す》いて分けてやった。留置場で不自由しないだけのものを十分持たしてやろうと思っても、新しい手拭と塵紙を一帖畳の上に揃えれば、もうほかにそこまでもって這入れるものはなかった。

ああいう場所で係の警官に軽侮されず少しでも手柔かく扱われるためによそ行きの着物を箪笥から出したが、地が厚くて暑いからとこれは夫が拒んだ。経帷子《きようかたびら》と頭陀袋一つで十万億土まで行く人を送るような心細さが私にあった。

実際私よりも高く聳《そび》えていた夫が急に可憐なものになって、子供を一人旅に出すのと気持は変らないのだった。

「私もついて行きましょう。こんな筈ってないんだから、調べればすぐかえすにきまっていますよ。家でいやな気持になっているよりはいっそ一緒に行って待っているわ」

暫く思案してから私は言い出した。夫はそんな事は堪らないという風に、

「よせよせ」

と言ったが、そう思いついてみるとそうするより外に、私の気持のあずけて置き場所はない

のだった。私達は四人でつれ立って、よそ目には面白そうに談笑しながら歩いて行った。警察のその係の室に到着すると、石山氏は少し考えたが、私がついているのであいた机を示して、そこに夫を掛けさせるほかなかった。当然留置場へ入れるべき場合が、私のいることでそうもならない矛盾が石山氏の弱い曖昧な表情にありありと見えた。

私は留置人用らしい木の腰掛の端に遠慮ぶかく腰を下しながら、気強くついて来た甲斐がとにかく今の場合だけでも有った事に満足するのだった。やがて警視庁から係が来た。

上官の来着で室中の者が木像のように硬くなる一瞬、私は立ち上ってこの検束者の妻である身分を言いながら何かの機先を制すように腰を折ってお辞儀をした。

その瞬間上半身が描いた扇型の線は、その揚げ下げした頭の中に他人事のように感触されていた。

「およそ小学校以来、これだけ無意味な体操をしたことがあるだろうか」

という嘲りの一方では検束者の妻が心配してついて来ているということで相手に何かの心理的な負担を呉れてやろうという目論見で一所懸命だった。

実際、私の半生の経験は、あらゆる生活感情の上で、彼等とは相交ることのない並行線を歩いていることを教えられていた。ただ僅かに彼等に訴え得たり、彼等から同感を受け得たりする共通の地盤があるとすれば、それは、家族に対する感情だった。

私は幾度か常習賭博者などの妻が、おぶって手をひいて、尚そのうしろに一人位は従えて刑事部屋の板敷きの床を下駄でがたがたと何かの懇願にか面会にかやって行くのを見かけていた。それは憐むべき風景ではあるにしても、決して愚かな風景ではなかった。

彼等は百の法律的な詭弁よりもこの攻め手の方がこの人種を陥落するには何倍か有効だと言うことを知り抜いている老練な利口者だったのだから。

彼は私の挨拶の意味を解しかねたように私を今一度見直したが、事情がわかると今一度見直してから石山氏に何か話しかけるのだった。

私は今自分のこの模倣の効果を見るのがまだ早すぎる事を承知していた。だから、私の挨拶が相手に与えた効果には恬淡《てんたん》として夫とその係とが別室に移るのを見送った。

二人がおさまった室は私が残った室からは鍵の手に見えて、そういう目的のために窓へ鉄棒などを渡した室であった。

八月のことで乾いた木造の建物の中を佩剣《はいけん》の音をまじえた風が吹きとおした。その風がときどき乗せてくる言葉の切れ切れで、私は夫の受けている訊問の内容が予想したとおりだったことを知り、尚この検束は相手の知人が一寸口を滑らしたために、知人は金を渡していないと証言しているにもかかわらず、「たたいたら埃が出るかも知れぬ」位の見込みで行われたものであることも想像できた。

それならば、尚更私がここへ来たことには価値が生じたわけであった。彼等はもう用はないとわかってからでも気の持ちようで三日や一週間は人の運命を伸ばしもちぢめもするのだから。

午後になると、その調室の一棟は壁も板壁も真鍮《しんちゅう》を鍍金《めっき》したような西陽に掩われた。暑がりの夫が肌脱ぎもできず、着物の背中に大きな汗の汚点を出しているのが私の所から見えた。

私は階下の街に出て行って、アイスクリームを買って来て、夫に与える形式でその室にとどけて貰った。ついでに自分の室にいた石山氏と部下の二人にも一人ずつ配った。

彼等は、口の中でぶつぶつとお礼とも断りともつかないことを言って誰一人手を出そうともしなかったが、私が便所に行ってかえって来てみると、それを入れた最中の殻だけが紙屑籠の上にのっていた。

このありさまを見ると、夫の調室でのようすは見ずとも満足に想像できた。

間もなく夫の方から、も少しアイスクリームを買って来てくれという注文があった。言わず語らずの間に、夫が何の追加を求めているのかがわかる気がして、私は小鳥のように気軽に町へまた出て行った。

そしてこんどは、自分で持ってその扉を訪れることを思いついた。

私は扉を形式的にたたいてから臆面なく入って行って、夜になっても自分は待っている決心だし、いつでも身柄引取りの書類は作れるように用意はして来ているから、どうかきょう中に調べを終らしてほしいと正面からたのみ入った。

そして、そうまではできない——と内に怯《ひる》んでくる気持を押し出し押し出し、自分の切なる希求そのものを示すように財布の中から汚い木製の認印を出して見せるようなことも一思いにやった。こういう泥くさい仕草が通用する筈のない夫の顔は一切見ないようにしながら。

室を見回すと二人が朝から喫った煙草の灰が吸殻をまぜてうず高く積もっているのが、二人の疲労の姿のように見えて、もう既に問題の峠は倦怠を醸《かも》し出したほど下り坂になっている事が読めた。相手は職業的な慣習で、できるだけ早いことにすると私に答えただけで確言はしなかったが、とにかく煩いものがついて来ていると思ってくれれば、私はそれで満足だった。やがて夜の八時頃に私はその室へ改めて呼び出されて、簡単な請書をかいた。

「待っていられると思うもんだから、こんなにおそくまでやっちゃって――あれ、もうバスがないや」

と係官は私と待っていた石山氏とを半々に見ながら懐中時計を覗いた。はじめからの約束事であったかもしれない、けれども、私はやっぱりきょうの結着を自分の気持の精いっぱいの働きで得た小さい勝利と考えたかった。或るものと自分との奪われるか奪うかの争奪で、如実に自分の方が強かったのだった。私は自分と並んでだまって歩んでいる夫をまさにその戦利品と考えて、ただただ満足しながらきょうの気持の経過を夫にとめどなく喋るのだった。

しかし、夫はきょうの調べに現れた陰影多い問題の成行きの方へとかく想念が引かれるのか言葉すくなくそれに答えていた。

私は、ふと、きょうのような私を当の夫自身はどんな風に感じているのだろうかということを考えた。

堅牢でがっしりした器物のように、やたらに丈夫で使い崩れのしない私は、こんな時にとって便利な用具ではあったに違いないけれどもこういう時の妻はやっぱり、家で、折れた花のようにがっくり首を垂れていて貰いたいのが、偽らない男の気持ではないかとふと思ったのであった。すべては、私の切ない心を遣るための私の足掻きだったのだから、感謝のようなもので彼の心を溢れさせようとは勿論少しものぞんだわけではなかった。けれども、たとえ目に入る塵のような小さい苦痛であるにしても、もし、この成行きから苦痛のかげがさして彼の心に映ったとしたなら、私の気持は、みじめで堪らなかった。

「こういう差出がましいことをする馬鹿な女ね、私は。誰に頼まれたわけでもないのに。迷惑だったでしょう?」

と、つい、私の口調には皮肉と恨みがましいとげが立って、ほんとうの気持の底の本流とは表面だけ逆に流れて行った。こう投げつけて露《む》き出しの気持を誘い出しておいてから、こちらも露き出した心の肌で打つかって行かなければ心済まないような薄皮が、いつの間にか夫の心の表面に張っているように思えるのだった。

「誰が迷惑だと言ったんだ。変な言い方をするじゃないか」

彼ははじめは一寸ききとがめてただ反射しただけだったが、だんだん投げつけられた言葉の痛さが沁みて行くのが見えた。

「お前の苦労も手伝って幸いに運よくかえれたんだから、よかったとお互いに思えばそれで満足ではないのか。俺が土に手を突いて感謝でも現さなければ気がすまないというのか」

「そうじゃないわ。そんなことを言っているんじゃないわ」

とより私には説明のしようがなかった。そうして、自分の投げつけた爆発物の爆発の意外な大きさを臆病に見戍るのだった。

二人は言い募ったのち、がっくりとだまり込んで、朝出て行った裏木戸を、離室へ入って行った。柔かいクッションの芯に固い弾条《バネ》を発見したほどに彼が私のある性格を感じはじめていることは前から知っていた。それが彼の中でだんだんと育って行って、今は押すことも倒すこともできない大木になって立ちはだかっているのが、私の目に見えるようだった。

私はひょっと凍るような淋しさを感じた。しかし、それもそのときだけだった。何はともあれ夫が一日だけでかえして貰えた満足は我ながらたんまりする程だった。その記憶が薄れる数日間夫というものの価値は、私の中に真新しい材木のように鮮かだった。

そうして、その間は相寄って互いの存在を必要以上に搦み合わせていたが、やがて以前のとおり散開してそれぞれの生活の面に向って行った。

それから暫くたったある朝だった。

私は床の中の夢現《ゆめうつつ》に、裏木戸のあく音をきいた。「おや」と思う間もなくこないだと同じ歩数の靴音のあとで誰かの訪う声がした。

出てみると、また思ったとおり私服の警官だった。こんどは石山氏ではなかったが、言い出したその言い分は寸分変らなかった。夫はゆうべこちらには来なかったことを言って三足ほどで引き返して来ると、私は薄明りの室の中を電灯をつける暇も惜しんで、影絵のように動きながら布団を畳まずに押入に投げ込み、枕元に散っていたピンを串のように次から次から髷《まげ》にさし込んで着物をきてしまうまでに五分とかからなかった。

夫のアパートに行くまでの道は下り勾配で大きい砕石の埋もれかかった路地の終りが白い舗道になっていた。暁の星がその道の行く手で地にも刺しとおすような光を投げていた。牛車も自動車もとおらないこの時間の舗道は夢幻的で滝のように私の行く手にあった。私は自分の足音をきききき小走りに走った。

恐らく彼等は私の方とアパートとの二手に分れて向って来たものと、常識として判断できた。それならば、よっぽど急がなければ夫には会えないわけだった。どうかして、一と目だけ夫に会っておきたいねがいだけで走っては来たものの目の高さで瞳のように輝いていた街灯がフッと消えたのを見ると、私の両足からは自然に力が抜けて行った。

大体、この前のとき、あまりにこちらのあつらえ向きにゆき過ぎた。この前向うへ食い込んだ部分をこんどはこちらから取り返される番だというような勘が私にははじめから働いていた。

やがてアパートの扉が見えはじめ、無表情にとじた氷のような二枚のガラスを見ると私の胸は頻《しき》りにさわいだ。

だが、扉を押して中に一と足踏み込むと奥の正面に入口を見せた夫の室の扉がきちんと閉じているのが見えた。歩がすすむにしたがってこの勝負の結着は明らかだった。

その扉は外からかけた錠でいこじにもしまっていた。把手に手をかけて夫の名をよんで幾度引っぱって見ても頑な拒絶を繰返すもののようにびくとも動かなかった。洞のようになった廊下に人に見せるも恥ずかしいほど心の壺に漬けて漬かり切ったその名前がポーンポーンとこだました。

「もう行ってしまったのだわ」

と思った瞬間、私と夫との間には、幾山河が置かれてあった。

取り上げられたと言ってよいか奪い返されたと言ってよいか――今まで張りつめて来た心の空虚に色々な雑念がどっと一時に流れ込んだ。

こんな事はこんな時代の日常茶飯事だという意識、それだからとて平気でいられようかという意識、そのほか、自分に甘えてくる思想やそれを鞭打つ思想が、一行ずつに綴り合わさって信号灯のように点滅した。

こうなってしまえば、引き返して食事をとって出直すよりほか仕方がなかった。それにまたどうしてこんな事になったかも、あの夫の妻という目より少し広い目で見極めて置く必要もあった。

夫の関係している運動の方面に電話などかけてから警察に行ったのは九時すぎていた。

予期した通り夫は留置場に入ってその係の室には石山氏一人がぽつんと書類に目をとおしていた。この前、検束者と付添人をここへ置いたためこの室の雰囲気に醸されてしまった混雑や不均衡や弛緩がすっかりなくなって規則と官僚主義とが清潔に彼の周囲を整頓しているかのようだった。

この硬ばった空気の一個所を破って、私は夫に会いたいという要求を彼のそばへ行って抑揚もなしに申し出した。

一時間でも三十分でもここへ出ていればそれだけ夫の苦痛は減るので、こうなってしまった以上、私にできることは、ここで彼に会ってその苦痛の分け前にあずかることだけだった。帰宅が叶う日まで、私は毎日ここへ出向いてくるつもりで、途中まであるバスやそこから墓場の中をとおってくる近道などを見て墓石の形に目じるしをつけて来た。

しかし、石山氏は、例の曖昧な表情で、本庁から誰か来るまでは面会はむずかしいと控え目に言った。

翌日も行ったが同じ答だった。

その翌日には、気持の自然な勢いとして、その本庁という所へ出向かなければ気持が収まらなかった。

電車やバスの窓から常日頃見慣れているこの堅牢な近代建築は、一歩中に入ると不思議な暗さで明るみに慣れた目の視力を奪った。それに、こういう建築にふさわしい造作や調度が取り付けてないまま少し古びかかった大廊下や、階段は、人間の生活にまだほんとうに入り混ったことのないような冷たい無表情があって、人間はぞろぞろ往復しているのに無人の廃墟を行くのと似た寂寥《せきりょう》を感じないでは居られなかった。

たずねたずねてだんだん奥へ入って行くにしたがって私は自分のもって来た用向が、恐らく彼等には手にとって見ることも触ることもできない無色透明の気体のようなものであることに思い至っていた。私には提げられないほど重いこの心の荷物のふたをとって見せたとき、彼等が覗いてみて示す阿呆面は見ないさきから私には想像できた。

それは、壁や鏡に向ってさえ何か訴えないではいられないいきのうきょうの孤独からくる衝動の一つに過ぎなかったのだと思いついたとき、私にはこんな所でその孤独から出て行ってはいけないと叱るものがあった。

しかし、その孤独の中にじっとこもってばかりいる私でもなかった。

私は、夫を受け持っている係を知ったなら、それに会うにしても、こちらの事情を訴える方針はやめて簡単なメンタルテストを試みることを思いついていた。外の知人たちが息災な事や色々な点から考えて、前の問題のつづきと考えられるふしが多かった。

夫の受持は、その室の受付ですぐわかった。彼は外出中だったが、その名前が、この前と同じだったことで、すべてははっきり看取できた。

それならば、外部関係で私が働かなくとも、ただ、夫の身柄だけを見戍ってやればそれでよかった。あの事情はあまりにも明瞭で、いくら彼等がどう焦ってもどこにも向うが引掛かって来られる鍵はなかったから。

私はブラリと家にかえって来て、足の形にふくらんだ足袋を投げ出したまま何もせずに夜を迎えた。

電灯をつける頃には電灯をつける頃の夫の姿があり、床を敷くときには、床を敷くときの夫の姿が目の中にあった。

私は床を敷いて寝巻をきてからも自分の枕元にぼんやり立っていた。

だんだん見詰めているうちに夫の姿の憎らしい部分はだんだん蒸発して行って、あどけなくて罪のない一人の少年の姿が私の脳の中に立っていた。それは、かつて私があの世へ見失った子供の幻にそっくりだった。

私の追っていたのは夫の姿だったのかその子供だったのか、今の瞬間二人の姿は一つになって向うからも私を見詰めていた。

稲妻に打たれた様な感動で目頭からは涙が流れた。

私は常日頃夫に与える心を分けて小さい守り袋のようにその子供の記憶を見つめて来た。

それは若かった頃、若い心が生の手応えを強く求めるままに人生の荒野を彷徨して棘と刈株との間に生み落した子供だった。子供は、私の乳房から出端の苦い汁だけを吸って母の乳の甘い味も知らずに一週間でこの世を去った。

私は惑乱して慟哭《どうこく》して運命の悪意を罵った。私のもろもろの感情は噴火のように天を衝くかと思われた。

が、時というものの優しい慰撫《いぶ》が風化のように私から少しずつ少しずつ妄執を削りとって行った。しかし、妄執が削げてとれたあとには驚くほど冷えたほんとうの悲哀の色が生まれた。

やがて、自分の心を焚《そ》くのにただ忙しい青春時代が過ぎて、子のない私にあわれにも悲しい母の心が育って来ると、今一度失ったものの姿を求める悲哀が更に切実になった。年のはじめに自分の年齢に一歳を加えるたびに、失ったものにも一歳を加えてやるような愚かなこともやっていた。

そして、ふとすると、もう大人に近い背丈と心とをもって、もしやどこかの見知らぬ世界を可憐な命の灯で常夜灯のように小さく賢《さか》しく照らして生きていはしないかと空想してみると、浄い浄い涙が故もなく、流れることがあったのだった。

私は、今のこの瞬間、あの夫とその子供の幻とを一緒にして、

「夫は私の生んだその子供なのだ」

と思うのに、何の躊躇も矛盾もなかった。そうして素直な気持の流れに任せて幸福な様な悲しい様な涙を流しながら眠るのだった。

翌日も翌々日も夫の姿を見ることはできなかった。しかし、やっぱりバスをおりて、墓石の中を経めぐって根気よく行く外なかった。その刺戟を間接に夫にひびかせるより外、じかに夫

にとどく手だてはなかった。

数日たったとき、Y氏が私のいう真しやかな用向きに欺された顔で本庁へ電話をかけてくれた。そうして短い時間を限って、蒼白な夫は細帯に草履の姿で私の前に現れた。しかし、私達の会話は彼等の監視の目を濾過していた。その濾過器を通るように言葉を拵えかえるのが愚かしくて、言うべきこともきくべきことも唇の中にこもってしまった。

それに夫の顔を見ると、言うべき言葉は淡雪の様に消えてしまってもいた。

私はただ憔悴した夫から色々な危惧だけを受け取って帰った。

眠り切ることもさめ切ることもできないその夜は、色々な思い出が一途な悔恨の色を帯びて思い出される晩であった。

凹みも突起も自らの柔軟さで治してしまうゴムのような若い日の若い治癒力はいつの間にか失せて、失敗も悔恨もそのまま鋳型になって残って行く中年の日がいつの間にか自分達の上に来ていたことが頻りに思われた。

内に溢れて来るものをただ投げて投げかけ合った二人の記憶すらが、愛憎の彫目の深い塑像になってその日その日の姿のまま群像のように後に並んでいるのを、ふと振り返った気がして私はギョッとした。そして彼もあの場所のその金網の中で、共同の記憶を見つめているだろうかを思うと今すぐ走って行って、彼の物思いを揺すぶって散らしてやらずには居られないような苦痛を感じた。

こうして消えて行く日々、心の閑から生まれる綾である芸術の仕事は、机の上に埃をかむったまま束ねてあった。時々心にかかって眺めやると、芸術の燃えるべき心のその場所には消炭のように火の消えた磊々《らいらい》たるものが、味気なくがらがらと捨ててあるのだった。

やがて、待ちに待った夫の調べははじまって、知人の持ちかえった金の使途の多額の不明がこの再嫌疑の理由になっているらしいことがだんだん明らかになった。

或る日行ったときには、強引に夫を引きずり込んだその力のつづきで、一層一と思いに夫のつらなっている運動をそっくりそのまま一と網に引き上げようとする意図などもどこかへの報告の電話からききとれた。

直接の理由は何にもせよ、何とかして、当分這い上って来られない谷底へ落してやろうという当局の意欲がこのいきさつに絡んでいることは争えなかった。それならばそれとこちらの心がまえをきめるにつけても、とに角お互が顔だけでも見られる現在の瞬間は花火の燃えているような儚いものに思えた。

監視されながらでも毎日会ってお互が交流するようになると、それなりの気持の安定が生まれるのは可笑しい程だった。私はいつの間にか、編物のつづきを編むように家から運んで来た日常生活のつづきを、ここで編みつづけようとしている自分を見た。聞き慣れてみると、佩剣の鉄の音も花屋の鋏の音も生活の伴奏としては大してちがわぬものであった。夫婦の生活が楽しくて楽しくて飽きられない私のような人間は、美味い米飯にお菜がいらないように、大体が伴奏などを必要としていないのだった。

繭《まゆ》のようなものをつくって、その中に一人こもっていた孤独な心は、いつの間にかひとりでに這い出していた。

自分のしぐさに何の手応えもない一人ぐらしであることには変りなかったが、時には何か思い出して一人で笑い、一人で微笑することもできるのだった。それら思い出の多くの場面には、切手を貼ったように夫の像があった。

あるときにも、私は鏡に向って横坐りして合わせ鏡をしながら、ふとその鏡のふちにあった小さい焼焦げに目をとめていた。

それは子供の顔位の丸さでピンクのセルロイドのふちがあり、焼焦げは風呂場の煙突にふれてできたものであった。

その追憶から、無数のほほ笑ましい追憶が引き出される。それは、郊外に家があった頃、夫の髯剃りに使うために、私が近くのさかり場で五十銭かで買って来たもので、その鏡の前に夫は毛深い濡れた体で立ってよく稲妻のように光る西洋剃刀を使った。

水草のように濡れて伸びて肌を這っていた胸毛が乾くにつれてもとのようにちぢんで行くのが、石炭を掬《すく》っている私の所からよく見えた。男の全裸体を何でもないものを見る眼ざしで一と目に見やることのできる年齢に達していた私は、私達よりも遅く結婚したS氏がいつか夫に向って、「君がよく髯を剃る意味がわかったよ……」とにやにや笑いながら言った意味なぞはばかばかしい茶飯事と考えているのだった。

それ所か、全裸体の寛闊《かんかつ》な自由な感じだけが強く来ると、ある晩私もまた湯上りの全裸体で鏡の前に立ってしげしげと見入った。

そうして、乳首や腹などを改めて見つめているうちに、どうした気持からか、全裸体のまま台所から座敷へ上って、二つの室を横切った。二つ目の室には、夫が電気スタンドに向って何かしていた。

そして、白く反射する私の体のあかりでびっくりしたように顔を上げて、

「何だ！　馬鹿！」

と私をせわしい小声で叱りながら、うろたえて庭の外にある塀の向うの道をうかがうのだった。その塀には五つ六つの節穴があいている筈だったが、尚私は豪傑のように笑って立っているのだった。

過ぎ去ってみると、夫婦の日常は、こんな愚かしいようなばかばかしいような些事《さじ》の積み重ねでもあった。しかし、今、中断している場所で思うとまだそこには繰りひろげてない部分が見果てない夢となって束ねて託してあると思えるのだった。

夫は一ヵ月目に、この前と同じように私と二人で裏木戸から離室へ戻って来た。

思えば長い闘いとして一ヵ月は振り返られたが、この前並んで歩いている夫を戦利品と見たような驕《おご》った考えは、こんどはどこの心の隅にもなかった。それ所かこれを一応の結着と見る

のさえ甘い考えと思えて、夫を自分のものとして完全に摑んでいない心懸りが食事で向い合っているときにも、並んで電車に揺られているときにも、絶えず私を切ない潜在意識で曳いていた。しかしとにかく夫は帰った。この前奪い返したと思えた夫は、こんどは偶然の恩寵によって、或いは偶然の落手によってはからずも私の手の上に落ちて来たと思えた。

そしてそう思うたびに、謙虚に謙虚にその偶然の好意をかしこまって享けようとしている姿が私の中にあった。

居るべき者が居るべき所にいる満足から、朝の寝覚も果実が熟して自然に口をあけるような自然さだった。

そして、同じように爽かな眼覚を覚えているらしい夫に、

「あああ、ずい分時間の浪費をしましたね。もうかれこれ、今年も大半終ってしまった。勉強勉強」

と声をかけると、

「ほんとになあ。俺にはよい人生勉強だったが、お前には気の毒した。この取り返しには大馬力をかけなくっちゃ」

と快く私の言葉にひびきかえす答があった。

そうして、この一組の会話がまるで、朝の空気を鈴のように鳴らす一韻の純潔な詩ででもあったような誇張した感動が私の胸にかえってくるのを覚えた。

私は人のよい興奮にまき込まれながら、

「人生勉強でもあったけれど、それ以上に私のは人間修行だったたわ。苦しい苦しい——。だけども、とても駄目。私なんぞとても駄目だということがわかるための修行だったのよ」

「駄目じゃないさ。当事者としての俺の問題の中へ入れば別だが、二人のことをいえばああいう場合俺の役よりも、お前の役の方が肚は要る役なんだからね。勧進帳なら、お前は弁慶で俺は義経という所か——」

と言いはじめて、さすがに、度の過ぎる通俗な比喩に自ら苦笑を泛《うか》べる様子だった。

話題は回り回ってだんだん、今後またあの手を喰ったときには、ということに落ちて行った。

「今度は逃げようかと思っているんだがね。実は。もし、また奴等があの問題のつづきで来るとしたら、今度こそひどいし、それに、あんまりばかばかしい犠牲だから、かくれて様子を見ることにしようかと思うんだ」

「よし、じゃあ逃げることにきめておいて頂戴。私もその覚悟でいるから。じゃあそうきめたのよ」

と私は悲壮に真剣に言った。

とはいうものの、それきり、私達の間にはそのことについての具体的な打ち合わせもまだなく、強いていえば、覚悟さえしっかりとは固めてなかった、にも拘らず、その呪うべき機会はすぐ私達の行く手に禿鷹のように舞い降りて来たのだった。

私は、以前の二回の経験から、裏木戸の錠が外から手を突込んでもあくことを気にしていたので、こんど夫が、かえってくると、すぐに自分で釘を打って金具をつけて厳重にしておいた。まさかその小さい金具一つで国家権力を背負った彼等の侵入を防げると思う筈もなかったが、本能的には、そうすることで彼等の侵入を封じておきたいような愚かしい女の祈りをこめてあった。

所が彼等はいつもの時間に今度は宿屋の表玄関へ回ってその表戸をたたいた。少し強すぎるそのたたき方は夜更けの宿泊希望者の執拗さにそっくりだった。私は半睡の中で男女づれの怪しい宿泊者を思っていた。

女が門灯の光のとどかない暗がりに入ってショールを口にあてがったままうそうそと待っていると男は、一夜の歓楽の門を押しひらく騎士ででもあるかのようにどん……どん……

間もなく、宿屋が受け答えたと思うほどなく、この家の主婦が長い廊下を通って、私達の室の方へ歩いてくる音がした。

「旦那に用のある人が玄関へ来ていますよ」

彼女は夫がいると思って、遠慮ぶかく外から声をかけた。

玄関からくる遠いあかりで、丹前の前を押えてふるえている彼女の姿が幻影のように障子にうつった。

「今頃夫に——」

と言ったのか思っただけなのか、気がついたときにはもう私は仁王のように立っていた。

「いないんですか。じゃそう言いましょう。警察らしいんですがね」

と言ったのにも答えず、

「ああ、もうほんとうにやり切れない。自分が行く方がよっぽどましだ」

と恥も外聞もなく叫ばずにはいられなかった。

この前の経験から床も片づけず髪も直さず髷の尻尾の上からショールを引掛けて、いつもより暗いいつもの道をいつもの如く走った。夫が起き上って簡単な会話を交わし、着物を換えて扉に鍵をしてある時間を推量すると、別な一手が行っていたにしても、こんどは間に合う可能性があった。

十二月の霜を含んだ闇を揺って息の長い鶏鳴が聞えた。それはいかにも休息が足りて精力に充ち溢れた男性の歌声と聞けた。

私は顔を上げて、生きとし生けるものが充ち溢れる暁を皮膚の隅々から肺の中にまで感じた。離れて思うと夫の体も生きものの一人としてみずみずしい体力の充実を受けていることがいかにも思われて、そこに何かの頼みがあるように思えた。

私は、空の星に訊ねる様につぶやいた。

「ひょっとすると今度という今度は——」

先刻がばと床に起き上った瞬間、既にそのことは頭の中で一寸触れていた。しかしあのときの約束はあんなに真剣だったにも拘らずまだまだという油断から具体的には手も足も与えられない丸い形のまま二人の傍に投げ出し放しのまま今日を迎えてしまった。私もいない一方口のアパートで今日俄《にわか》にどんな聡明な思案が走った所で児雷也《じらいや》でも猿飛でもない太っちょの体をどう消しようもなかった。

私はその冒険が失敗したとき加重する損害が恐ろしくて、むしろ思いとどまることを希うような小胆な思案にも心をかしていた。

しかし、今度あの鉄扉に入ることはそれこそ無間の谷に蹴落されることだということが如実に思われた。彼等は二度もむざむざと獲物を逸した職業上の面目からも、こんどこそ堅牢に作り上げた法律の檻を用意せずにこの狩に向ってくる筈はなかった。

どうぞ何とでもして逃げていてくれと祈る同じ心で今度だけは私に免じて思いとどまってくれと、懇願するような矛盾した気持を往来しながら、暗い足許に霜柱を蹈み砕いたと思ったときアパートの硝子の扉はすぐ目の前にあった。その扉を押して真直正面に見える夫の戸口を凝視するときのけだものが犇《ひしめ》くような胸の苦しさはいつものとおりだった。

しかし、私は見ずにはいられなかった。二筋の視線にすべての希いをのせて。

居た。夫はいた。

その室にはみかん色に電灯がともって、誰かの影が蝙蝠《こうもり》のように動いていた。

嬉しいのか恐ろしいのか悲しいのか、恐らくそれらを一緒くたにした幾色もの感情が、私の中でがわりと一つ浪打った。

私はすべりのよい扉を左手であけながら、それが柱へぶっつかる音をはばかるために、あけたその手で把手を押えるほど落着いていた。

夫は意外にもまだねていた。そして、その周囲に石山氏と二人の部下が椅子を並べてかこむように腰かけていた。

「今度は何ですか」

と私は笑いながら言った。

「それがね、今も言っているんだが大した事じゃないだろうと思うんだが、とに角本庁の命令だから……もう幾度もで気の毒だけれども行けば結局わかるんだからね」

と石山氏は夫にもきかせたいような目つきでそちらを見ながら言った。

私の所に来た一隊とこの一隊とがそこまで一緒に来たものと仮定すればもう、一寸した時間のあいだ夫はこの形のまま寝つづけていたものと想像できた。そして、石山氏のこの説明も、早く夫に肚をきめさせて支度させるための催促ともとれた。

その雰囲気を見てとると、私は、石山氏と共同で夫を視ていた視線を逸らしてから、自分一人だけで微妙な微妙な注視を夫に送った。その夫の胸の肋骨は簾《すだれ》の様に透けて、そこに今どんな思案がせわしく走りまわっているか、私にだけ見えるものがあった。

立っている私の足はいつの間にか二匹の臆病な動物のようにぶるぶるふるえはじめていた。

そのくせ夫が今まさに立向おうとしている方向に添って働いたものか、それを諦めさせる方向に向って働いたものか、咄嗟《とっさ》には尚きめかねた。

「さあ、とにかく起きて支度したら如何ですか」

と言いながら壁にかかっている羽織を重ねた丹前をとって夫のそばへ持って行った手はわなわなして自分の手のようではなかった。

夫は私の言葉につれて起き上って、着物に袖をとおした。そしてそばから、黒い兵児帯《へこおび》をさし出す私の手の方は見ないで、土間の下駄を突掛けて、着物の前を押えたまま、

「一寸小便してくる」

といいながら扉をしめて外へ出て行った。

その扉を少し蒼くなってじっと見詰める私の手から重い一越縮緬《ひとこしちりめん》の幅広い兵児帯が、二秒間もだらりと下っていた。

しかし、この瞬間、私にとって必死の役割が夫から投げ与えられたものと判断しないわけには行かなかった。私はすぐもとの気持へとってかえして何をどうしてよいか冷静にあたりを見回した。

すぐ手のとどく卓の上にハトロン封筒があった。時にとっての救いとその「極秘」と赤印のついた表を手にとりながら、

「これは何ですか。極秘、石山千吉殿……ああこれですね。毎度家の亭主に、変な手古舞《てこまい》を踊

らせるその指令というのは……」

と、しどろもどろに言って、それでもやっと工面した笑顔をつくりながら誰かがそれを取り返すためにうろたえてとびかかって来ることを期待した。

しかしそれを一番そばで見た筈の石山氏さえ例の曖昧な表情を少し動かしただけで、

「ええゆうべ署長からそんなものが来て、けさの五時に駅前の交番へ行ってひらいて見ろという指示だから、そのとおりにしたら、また、ここへ来てつれて来いという手配なんです。署長の所へはきのうのうちに来ていたらしいんだが――僕等も全く、いい気持でこんなことをやっているわけじゃないんだ」

「どこどこでひらけなんてまるで東郷艦隊の故知ね。たしか日本海海戦のときだったか、そんなような手紙をどの軍艦だったかが玄海あたりでひらいたんじゃなかったんですか」

と口では言いながら、微妙に時間を知覚する神経は、一秒の十分の一位の長さにさえこまかく触って行きながらも少し引き伸ばせ、も少し引き伸ばせ、と私に必死の命令を下していた。

「だけどねえ、私に言わして頂くなら、一体どの程度の証拠があってつれて行くのか、先に示して貰いたいというんですよ。そうでしょう。つれて行ってから一と月もほうり込んでおいて、やっとわかりました。何でもありませんでした。御苦労さま。おかえり下さい。じゃあ、いくら虫けら同様のわれわれでもあんまり可哀そうだわ」

「こんども、ひょっとすればそんなことかも知れないですがね、まあ、とにかく一応は行って貰わなくっちゃ、僕等の職務が済まないから」

この時、警官としては石山氏よりも経験の長いらしい一人の部下が、度の過ぎた石山氏の打明話を苦々しくでも思ったのか、

「どうしたんだい。少し便所が長いじゃないか」

と話の腰を折りながら耳を澄ますようにした。この人もそう気がつきはじめたのか。実は、私はもう何秒も前からそのことに気がついて、喋っている言葉が、ぷつりぷつりと切れて間へ妙な沈黙が押し入って来ようとするのをありったけのやりくりで埋め合わせ埋め合わせていたのだった。

「一寸見て来るから」

と出て行ったその部下は、

「大変だ。便所には居ないよ」

と引き返して戸口で告げてからまた走って行った。皆走って行った。

私もそれにつれて廊下を走った。そしてどうか遠くへ逃げ了《おお》せてくれと希いながら、帯もしめないあの姿では、とても遠くまで逃げられるものではないから、どこかそこいらにかくれているなら、外の者ではないこの私の目に発見されてほしいとも希った。

アパートの入口まで出て行くと、前の空地の霜柱を砕きながら住宅につづく二方の道と駅の方へ彼等が散って行くのが灰色の光の中に見えた。

否も応もない。賽《さい》は投げられてしまった。暫く立っていると誰も引き返してくるものはなく、とにかく、逃避の第一関門はくぐったという安堵が胸に引き吊っていた紐をとき放した。しかし前途にははてしない逃避の旅程が待っていた。もし彼が望むなら、どんな北の涯の雪の原を徒歩でなりと奔って共にこのいやな猜疑《さいぎ》と圧制の国をいっそ見捨てることさえ嫌うものではないと思った。が、我にかえってみると、まだそんな感慨にふけっていられる場合ではなかった。

私は室にとってかえすと畳の上に置いてあった兵児帯を押入にかくした。

大事を決行する姿として帯をしめないあの姿は何度考えても悲しくて諦められなかったがこまかく思いかえしてみると、私のさし出す帯に目もくれず出て行ったあの姿態こそ彼等にこれ程な手抜かりを招かせた殊勲の名演技と思われた。

しかし、また彼等はうろたえているし、案外杜撰《ずさん》かも知れず彼が帯をして行かなかったことをひょっとして見落している場合も考えられた。

それならば、私は帯をして行かなかったということをあくまでかくして、彼等がすぐ発するであろう手配の人相着衣書から、帯をしていないという著明な特徴を失わせてやるために、帯をかくして置こうと思ったのだった。

「だめだ。とうとう飛ばれてしまった」

といいながら石山氏は引き返して来て尚未練らしく赤い電灯のついた非常口をのぞいてみてから、室に上って、釘にかかっている二重回しやオーバーや机の上などを捜索しはじめた。

私は少なからずあがっている石山氏が二重回しのポケットに手を突込むのを忘れて次に移って行ったのを見ていた。

それは、夫が右手の癖でよく手を突込んでいるポケットだった。

私は、石山氏が向うを向いて机の抽斗《ひきだし》をがたがたさせている暇に、そのポケットに手を突込んでみた。

そのポケットは、少し重味がかってふくらんで、夫が日常使っている豚皮の蟇口が入っていた。

そっとその蟇口を自分の懐中に収めながら私は自分の顔から血の気が引いて行くのが痺れるような感触でよくわかった。

ひょっとして、机の中にでも入れて置いて、蟇口を持たずにとび出したのではないかという危惧は最初から私の頭を掠めていたが、それはあまり重大事と思えて、明瞭にしたくない臆病な気持からそっと触れずに置いたのだった。

一銭の金も持たない逃亡者。雲のように湧いて来る不安を押えながら、私はその打撃の中に浸っていたい自分を叱咤《しった》して夫をたすける計画も立てねばならず、外側では、あくまで一種の中立者の面をかぶって石山氏に向わなければならないのだった。

「どこかこんな時すぐかくまってくれるような心当りがありますか」

という質問にも「さあ……ありませんね」などと振り落すのは、いかにも夫の味方らしくて、

「ええ、それはあります。けれど、あんまり多くてどこを言ってよいか……その家の迷惑にも

なることだし……」

と口籠った。

石山氏はその私の顔を覗いて、何かを測定していたがじっと考え込んでから、

「奥さん」

と改めて切実に私を呼んだ。

「実は――君が三度もこんな目に遭われるのがいかにも気の毒で、一寸気を許したのが運の尽きでこんなことになってしまいました。それでですね、僕貴女に相談があるんだが何とかこの場を繕うような報告を本庁へ出したいんだが、力を貸して貰えないでしょうかね」

「どんな報告をですか。私にできることなら何なりと……」

「どうでしょう。今とび出したのではなくけさここへ来てみたら、いなかったということにして置いて貰えませんか」

「ええそれはいくらでも、そんなことなら……じゃ、そういう事にしましょう」

と言った私は心の中で欣喜乱舞していた。それは夫を捕える非常手配をせずに悠々逃がして貰う約束をして貰うのと同じだったから。

しかし、はじめてこの人の裸の心にふれて、やむにやまれず二人が掘って用意した抜穴は、こんな人を落すのが目的ではなかったのに、と思わずにはいられなかった。

彼等が出て行ってから、こまごまとそこいらを片づけたりして、鍵をとろうと机の上を見る

と、先刻彼等が持って来た署長の手配命令の書類が迂闊にも忘れて置いてあった。

それに書き並べてある押収すべき書物や文献などの種類で、彼等の描いている野心的な構図がはっきりと納得できた。

私は、無一物の夫が私の方へ連絡してくる場合を考えて小走りに家にかえった。

そこではじめて、自分一人にかえってどこか私の知らぬ場所にどんな気持でかいるであろう夫に心で対面した。

こうやって、つくねんと机にもたれて考えているとこの頃二回あった検挙の日と同じに、今日もまた私達夫婦の関係の小計をすべきある頁の終の日のような気がした。

この頁にも前の各頁と同じに二人の間に起った日常の小衝突のスパークは記されていたが、結局、陰極と陽極との間に行われる放電に過ぎないものであった。

私は、夫がどこの地の果まで奔り距てて行っていたとしても、彼の体についているある綱の端は、私がしっかり握っていることをまざまざと思わないわけには行かなかった。

今の場合こんなことを確認し直すことは何だか唐突で、みじめでなくもなかった。しかしどんな場合にも戸籍の事実や慣習で二人を釘づけにしておくことを屑《いさぎよ》しとしない二人はその日に湧き出した愛情でその日の決済をして来たのだった。

どちらか一方がその気なら、自動的にその綱は切断され得るのだといういわば保証のついた綱を、私は握っているのだった。そうして、その保証あるが故にその綱が今の場合よけいたのもしいともいえるのだと自分で納得するのだった。

私は、夫の着物と帯と足袋をふろしきに包んで、いつ連絡がついてもすぐ渡せるようにして押入に入れておいてから、また夫のアパートの方の様子を見に出かけずにはいられなかった。

入口で、石山氏の部下のY氏が、見張りに来たのと一緒になり、彼もけさX氏を検挙するために、署長の封印状をもってどこかの交番へ行ったことを語った。この封印状はこんどがはじめてだったらしく、石山氏の気持に与えていた影響がこの人にはもっと強く映っていることが見えた。

「署長は僕等まで信用しなくなったんですからねえ」

と彼は言った。私は、相槌を打つ場合でもなし、批評がましいことを言うべき場合では尚更なし、ただ、何の力でか彼等がそのようにサラリーマン化して行く様子にただ一寸聞耳をたてた。

私がアパートの鍵をあけるとY氏は、私について室を覗き込みながら、

「あれ、帽子がある。二重回しもある。へんだなあ」

と言った。私は、この手抜かりにはっとしてY氏の顔を見た。

「何でまた――君は帽子も冠らず二重回しも着ずに出て行ってゆうべかえらないんかね。おかしな事だ。いつもこんな事があるんですか」

「さあ、めったにないんですがねえ」

私の答は形もはっきりせず色も薄かった。

私はまた間もなく家にかえって火の気もない室に坐って連絡を待っていたが気持はますます落着けなかった。そこに何か力を注ぐべき目標が与えられたなら、私は内に促してくる精力をもって、夫のためにどんな激浪の中へなりととび込んで行く勇気があると思った。後にどんな禍が来ようとも、実際、けさの夜明け床から起き上った刹那「自分が行く方がよっぽどましだ」と思わず口走った言葉は誇張ではないのだった。

しかし、手ごたえなく去ったものに対しては力の入れようがなくて力があり余れば余るほどそれが恨みがましい味に醱酵して行くのが見えた。

私はすべての我執や衝動を冷静に拭って、今一度さしずめ彼のために何をなすべきであるかを自らに伺い立てた。

過不足なく自分の積極的な性格から割り出した答として「彼の立回りそうな場所へ行ってみろ」という答があった。

私は、自分の中にのた打ち回っている憂悶を置いてくる場所として、この事件に関係なさそうな某氏や某氏を頭に描いた。しかし自分の所へ連絡して来ない用心深さから推して、そこに連絡があることも望み薄かった。

しかしとにかく出かけることにして、暫く思案した後、宿屋の内儀さんの所へ行った。この人との短くない間の交渉で、私はこの人の太っ肚と決断を信じていた。自分がいない時、もし夫から使か電話が来るとして、後難を恐れずに連絡を果たしてくれる人はこの人と思われた。

それには、この人が、死んだ警察官の寡婦で、警官というものに事実以上の恐怖や尊敬をもっていないということが、今の場合、いっそ好都合と思われた。

内儀さんは快く引き受けた。

私は、温かい食物でも振舞われたような生理的な温かさを味わいながら自分の室へ引き返そうとした長い廊下で、裏木戸のあく音をきいた。

はっとして粗な落葉樹の間から激しく注視するのと同じ位激しい注視が向うからも注がれて、制服に帯剣を音のしないようにそっと押えた石山氏が足音を盗んで来るところだった。

彼は、それでもひょっと夫が来ていはしないかと思うらしく曖昧な表情の中に一本の針ほどの陰険とも見える光を一閃《いっせん》させながら眼は私の顔よりも、その背景の室の方に注がれていた。

「実は、今、これから演説会の臨監に行くので大急ぎで寄ったんですが、きょう夕方あたり、本庁から来てあなたを呼んで訊問することになっています。それについては、今朝の約束を是非守って頂きたいんですがね」

「それは勿論。ですが、訊問が済まなければ私を留めておくつもりでしょうか」

「さあひょっとすると一晩位は――。しかし、御不自由のないようにはせいぜいはからいます」

いっそ自分も皆ほうり出してどこかへ逃げてしまおうという考えがそのときには端的に泛んだ。しかし、石山氏がかえってから考えてみると、たとえ自分に何の便りもしてよこさず、どんな遠くへ奔って行っているにしても、夫の行動が私という存在を円の芯にして動いていることは疑えなかった。とすれば私はよほどの犠牲を忍んでもその芯の位置を動くには忍びなかった。それに、私は、今後の彼の長い逃避生活を見はるかしていた。それを維持する難事業が私の背に負わされていることを思うと、昼かくれて夜だけ出てくる鼠のような安直な道は決められなかった。

私は人を訪問する計画をやめて、むしろ好んで運命に正面から打突かって行くことにした。行く手の抵抗こそ私の生甲斐と思われた。けさからの空しさが実際以上に自分の力の過剰を感じさせるのでもあった。考えてみると私は火の気のない所で冷たいものばかり二食もつづけてたべていたが、体の中には火のように燃えるものがあった。冷たい白い息さえその灼けた体の中から立つ湯気のように自分で眺められた。

予期した時間に、本庁の者だという二人づれが来て、私をつれて行った。

彼等の目標は漠然と、夫の逃避に私の作為のあとを嗅ぎ出そうとすることにあった。石山氏にくらべると大分警察官ずれのしている本庁の警部補の前に腰かけて、その朝の顚末を小学生のように順を追って喋るのが私の仕事だった。しかし告白は夫の室の前までくる条で急に、この前の検挙のときの模様に切り替えられた。

彼等は、長い経験で、嘘を言っていると思われる者には、何度でも同じ話を繰返させるのだったが、この前の経験をつないで喋っている私の写実が真に迫っているので手がつけられぬらしかった。

制服を着た石山氏は落着かない顔で時々室を覗いて行った。

夕食のために本庁の二人が外へ出て行くと石山氏は入れ代りに傍へ寄って来て、低い声で何か言いながら、紙片をさし出した。

いぶかしい目で見るとそれには、この室でこの頃頻りに流行している俳句が二三首記してあった。

霊柩は松に触りて門を出ず

「おや」

という程の驚きで私は石山氏を見直した。

先程から言葉の合間合間に靴で脛を蹴られ固いものに打突かって行く勢いだけに慣れた気持で眺めると、ここという場所の感も手伝ってこの俳句はいかにも柔かくて見るこちらの気持の力があまるような変な錯覚を起させた。

「あなたがお作りになったんですか」

という質問につい相当な侮蔑が含まれてしまったのはやむを得なかった。

「お恥ずかしいものですがね。相当つくってあります。またお目にかけましょう」

と彼は言って、本庁の者がかえってくるのを気にするらしく、自分の机の方へ去った。

そうして、また訊問ははじめられた。

幾度繰返しても私の言い分は同じだった。

彼等はやがて、鞄をさげて、かえって行った。

それから、私はつまらぬ駄菓子の饗応などを受けながら彼等が、特別忙しく電話をかけたり出入りしたりするのを眺めていた。それも、皆私の夫が蒔いた種だった。

石山氏は、室内が事情を知った部下だけになると寄って来て、

「けさから署長が一言も口を利かないんです。僕はもうすっかりいやになっちまいました」

というような打明話を唐突に私のそばで囁いた。

しかし、私は、気の毒だという気持だけでこの事態を見ているわけには行かなかった。きょうのような問答が繰返されている限り、私は五日でも十日でもここにいなければならないことは明白だった。

日向は歩けないハンディキャップのついた夫が、あの屋根の波はるかな街のどこかで借りるか貰うかした見慣れぬ兵児帯をしめて目を一個所にすえながら、私という話相手もなく今後の身の振り方に思いをめぐらしている様を考えると、私はやっぱりそばへとんで行って口喧《やかま》しくそれらの案の利害得失を夫にまくし立てたい日常の気持だった、実際、私達は、栗の双児のような一番《ひとつが》いでどちら一人をとってみても、相手の形と調和させるために一人だけではととのわぬ妙な形をしていた。

言う所の内助の功というような間接の助力ではなく、直接の助力者として彼には必要な私であることを信じて疑わなかった。私の助力者として彼が必要なように。この頃になって、私は

あらゆる場合に似合いの夫婦であることを頼りに感じるのだった。

とうとう私は留置所でその一夜をあかした。睡り切らない魂が夜中うろうろとうろついているような寝苦しい一夜だった。

夜があけ切らぬうちに、石山氏が呼出しに来た。

階段のあがり口にゆうべの制服姿の石山氏が軽石のように顔の毛孔をひろげて髪を乱し憔悴の姿で立っているのが俳優のように典型的に見えた。

「如何なさいました」

という言葉が思わず唇をついて出た、が変な手管を使ったようないやなこだまが耳にかえった。それに、彼の味方らしい親しみ方も恥ずかしかった。

「本庁へつれて行かれてゆうべ一と晩油を絞られましたよ。僕が、きのうの朝あなたの離室へ——君を探しに行ったとき上がって行かずに、入口で婆さんにきかせたのがいけないというんだ。それで結局僕が上がって行かなかったために——君があの室から逃げたということにして来たから、きょうの調べはそのつもりで口を合わせておいて下さい」

「そうねえ……」

と暫く考えたものの私が逃亡の助力者として責められるものならば、アパートでも自分の所でも、同じだろうと咄嗟に判断できた。

「ええようございます。じゃそういうことに」

考えてみると、もう既に夫の逃亡は彼等の手配に織り込まれて、いつどこで逃げたかは当の石山氏以外には大した問題でなかった。

ただ、私としては逃亡した夫の上の安泰を祈る気持からその直接被害者の彼等の窮状を見て突放すのは冥利が悪いような気持でその申出が承諾できたのだった。夫に代っての償いとして。

本庁の係官は、この署の人々の手並みが信用できないという意味からか、自分でつれて来た部下を私の所へ家宅捜索に向けていろいろなものをもってかえって来た。その中には、きのうの朝夫の二重回しから出て来た蟇口も、中に入っていた名刺が夫のものだという証拠となって持参されていた。

「どうだい。だましたね。お前がうまくやって裏口からとばしておいて、何だいきのうのお喋りは」

私は真空になった感情で彼等の誘導する穴へはまり込むよい機会をはかっていた。

「この蟇口を見ろ。そのときお前の親爺が置いて行ったんじゃないか。それにアパートには帽子も外套もあるし、前の晩から出ていたなんて、誰がそんなことでだまされるかい。どうだ！どうだ」

暫くの沈黙を置いてから私はとうとう、

「済みませんでした」

と萎《しお》れて言った。

それ！　という無言の掛声がかかったような一種の気合いがあって、並んで腰かけている二人から、

「そのときの着衣は？　帯は？」

という質問が雨のようにふって来た。今まで固くてつついても割れなかった堅果が急に割れて、たべられるとわかったので一せいに鳥達がつつきはじめた、といったような子供っぽい連想がおもしろく私の頭に来た。

着る物は銘仙の同じ柄の着物と羽織、帯は錦紗、紺木綿足袋、と私は、空間を見ながら空気にかいてある字をよむようにすらすらと言った。

遠くで石山氏が、それとはなくアンテナを立ててこちらの話声をききとっていたが、着衣の所へ来ても、表情一つ動かさなかった。

彼は真剣なのだと思うと、私は、自分の肩へかかって来た荷の重さが加重する感じだった。

彼等は、一段落に満足して、別室に移るために鞄や灰皿などを運んでいた。

石山氏はその隙を盗むようにそばへ寄って来て、

「これ見て下さい。辞表です。僕は大体、警察の飯なぞ食う筈の人間じゃなかったんですが、一寸した動機から、入って、今年はやめよう、今年はやめようと思いながらついここまで来てしまったんです。再来年は恩給ですがそんなものはどちらでもよいです。実際の処再来年までの辛抱はとてもできそうにないんだから……」

「しかし、それは今一度お考えになったら如何ですか。警察がいやでおやめになるならとにかく、こういうできごとからやめるのは、あなたとしても不本意でしょうし」

私は、一人の人間を警察官であらせるかやめさせるかという社会的な問題としてよりも、今は夫の逃亡から来る被害を小さくしておきたい要求の方が先に立っていた。それは後に、必ず夫の上に、何かの刑罰と変って現れるべきものだったから。それは、私に約束を守らせるための側面掩護のポーズとも、とればとれないことはなかった。

そばで、一人の部下も私に相槌を打っていた。

その晩も、結局私は留置場に泊ることになった。

翌朝、私がきのうのように調べられている隣室で、

「よし、あの婆あをつれてこい。大体図々しい婆あだ」

という声がして、本庁から来た部下が外へ出て行くらしかった。

私は、迂闊にも、こういう話になった場合、宿屋の内儀さんが蒙る迷惑を少しも考慮していなかった。恐らく、きのうのような追求が私の上に加えられる以前に彼女が幾度かそのことについて訊問されていたであろうことを思いつきさえしなかった。夫はあの晩、私の室にはいなかったのだから彼女はそのとおりを言ったに違いない。所が、それがみんな今では引っくりかえって彼女の嘘となり、そもそも、石山氏が私の室へ夫を捕えに来たときからの大嘘つきの烙印を押されてしまった。逃亡者を援助して、官吏の公務の妨害をしたとなれば、何か法律にも

触れるのは当然だった。

私はとんでもないことをしている。私は青ざめて、固い机にもたれたまま、黒い炭と炭との間の赤い火を見つめていた。そのしょんぼりした姿が、向い合った係官の眼鏡に小さくうつっていた。よく見ると炭火も南天の実のようにうつっていた。こんな可愛らしい現実ではないものを、と、今更のようにおぞましく身辺が見回された。

やがてガタガタと下駄と靴の音が乱れて、隣室へ彼女がつれて来られた気配がした。

私をはばかる低い調べの声の間には、カツンカツンと彼女が撲りとばされる音がひびいた。

その音は、私自身が殴られるよりもはるかに痛く私の全身を殴った。

「一寸待って下さい！」

と叫んだ私の声は相手の係官によりも、むしろ隣室に向っていた。

もともと血液型のちがう警察官に義理を立てるべきか、あの親しむべき内儀さんに義理を立てるべきかといえば、何の恩怨がない場合でも答は簡単だった。まして、こんどのことでは、具体的には何にも力をかりなかったにしろ、彼女の気持が後楯となったことには感謝していた筈だった。

私は、水が流れるような勢いで、真実を喋るよりほか、この場をやりくりすることはできなかった。

すぐその場で石山氏は一人の係官に警視庁へつれられて行った。

調べが終って留置場に戻ると、はじめていろいろな重い枷《かせ》を脱いだ一人の気持がかえって来て、涙がポロポロと莫蓙《ござ》の上に落ちた。涙の泉が自然に溢れて来たような静かな涙が、星のように光りながらポロポロ落ちて行くのだった。

警察官を操るほどの大莫蓮ときまってからの、私への係官の調べは、面も向けられない激しさだった。

朝の六時頃から夜の十二時まで、夫の行方を追究する訊問が入り代り立ち代りつづけられた。しかし要領を得ないで経った十五日目の夜、夫はひょっくり自首して出た。

私が捕えられたと知っては、必ず彼がそうするだろうことを、私は前から信じていた。またそうも言った。

「己惚《うぬぼ》れてやがる。この女《あま》め」

と殴られたこともあったが、やっぱり、私が手綱を握っていたことは、たしかだった。

その晩は、夫が出て来ずには済まなかったという口惜しさと安堵とで、思うさま泣けた。実際、私は外へ出られないとわかってからは、一人でさまよっているだろう彼の姿が重荷で、いっそ自首することを願ってもいた。

私の心証はどん底へ落ちた。暮となり、正月の仕事はじめも終ったが、私は捨て置かれたまま、やがてだんだん烈しい咳をするようになって行った。そしてやがて病みついてしまった。

〔1946（昭和21）年10月「展望」初出〕

一人行く

かにかくに与えられた。この病軀を横たえるに足る一畳の畳が。

この場合、背の下の一畳の畳の平坦さとは、永遠の大地の広さと重さとにも比べられて、ただただ感謝と満足とで、我と我が胸が金色に光っているように思われた。

それに訪ねて行けるわけではないにしろ、F子さんの所まで乗換なしのバスで通じて居、夫のいる警察にも近いということは心慰まるべきことに思えた。

病室は畳敷きの三人部屋で、七月午後の陽が金屛風を立てたように窓で輝いていた。

しかし、その光が射込む熱気よりも激しいものがらんらんと私の心の中には燃えていた。或は肉体に灼けている熱が肉体と隣合わせた私の心をたえず焙っていたせいだったかも知れない。

私は外来の診察室でといたまま持って来た帯と帯揚げとを、枕元に置き明石の着物の前をひらいて大きい腹の上に看護婦が熱い湿布を置くのを見戍っていた。傷いた獣の様な目で。その目が血走っているのが眼底の熱でよくわかった。

ここへYさんが私をつれてくる前にかけた電話で私の余儀ない身の上は多くもない看護婦達にすっかりひろまっているらしくこの看護婦も万事含んでいるという余裕を見せながら、露き出しの顔を汗粒だらけの胸のそばまでもって来て、

「お寝巻になすっちゃあいい着物が勿体ないですわね」

とやさしく言った。しかし私はそのやさしさに答えようともせず、

「着物なんぞ問題じゃありません」

と思わず口走った。

眼の底ではただ一つのことを、それが私の心の視線で自然発火しそうなほどに、じっと凝視している心地だった。

看護婦はとてつもなく甲高い楽器にさわってしまった様な呆れた顔で一寸私を見つめた後、蒸気の立たなくなった洗面器をもって出て行った。

間もなく院長O氏と話していたらしいYさんが戻って来て寝巻と布団は貴女の親類から持ってくるように、これから役所へ戻ったら近所の交番まで言伝《ことづて》してあげること、その親類が来たら、付添人について相談するがよいということなどを手短に言った。

この場合その親類が家族の必要だけの布団ももたないことなどは言うべきではなかった。私はただ感謝の面持で重苦しく答えたが、思いがけない人の情が酒より強く身にこたえて、感謝の放恣《ほうし》に慣れて来た心はむしろ苦痛を受けた様にさえ疼《うず》くのであった。

Yさんは、安心した面持で帰った。

とうとう私は、警察で通り一遍の知合にすぎない警察官のYさんの腕に千鈞《せんきん》の重味でぶら下ってしまった。しかし、自らの重量を自ら吊上げずに、他人に任せることは、何と安易なことであろう。

やがて、窓を威嚇していた西陽も柔かな鬱金《うこん》に変りどこかで食膳の音がする頃になるとさっき呑んだ粉薬のせいかふれ合う瞼の熱もさめて来たらしかった。

地面を掬って精製したようなあの粉薬にもこれだけの慈愛がこもっていたとは。私は、血管の末梢で「静かに、静かに」と激する血潮を鎮めているあの粉薬の作用を子供の様に想像し、その微粒の最後の一微粒の作用までをあまさず享けようという闘病の初心者の心理にやっと入り込むことができたのであった。

心も体も落ちついた目で眺めやると、私の隣には盲腸炎の予後がこじれたらしい十二三の少年が母親に看取られて居り、色紙で折った蟬や鶴などが糸で吊下った暮色のなかに小さな角度と面の多い明暗を染めていた。そしてその隣には、ひどく鼻梁《びりよう》の高い女が刃物の様なその鼻梁で向う側の半顔をかくして仰向けに寝ていたが、腹のあたりには、布団や衣類を患部に触れさせないために心持上げておく櫓《やぐら》が跨いでいた。

先程からきくともなく耳に入った他室患者の噂や窓に干してある長尺のガーゼなどから推してどうやらこの病院は外科病院ではないかと思われた。

暫しの間はそれをたしかめるのも億劫であったが、枕元の薬瓶の文字を見るとはたしてそうだった。

よろしい、外科病院でも花柳病科病院でも——今まで大病をしたことがなく医者とか病院とかについて漠然とした注意しか払ったことのない自分には、内科患者が外科に見て貰うのは、相当な場所錯誤のように思われた。だからこそ自分の気持にいささかのはずみをつけて、そのようにつぶやいたのであった。

外科と内科とがよしんばバルト海に向った河と印度洋に向った河ほどにちがった流であったとしても、自分は必ず、努力と克己とによって、生命の海に流れ合ってみせよう。

生命。自分の生命の向背を真剣に考えなければならない病気にとりつかれてから、生命の大いさは地に手を突いて伏して哭してもよいほど私の身に沁みた。

ことに、長い間留置場の高窓の下にいて、見るものとてその窓を過ぎる日々の天気のほかは、自分の心の内面しかもたなかった孤独な私は、自分の生命力にすべての希望を託するような偏《へん》倚《い》した激情を経験した。誰も縛することのできない生命、錐のようなその力で、復讐のために何枚もの厚いものを徹《とお》して行く生命。それを鑽仰《さんぎょう》する激情が、逆にまた病む体を燃え減らし、その体の衰えが、焦躁の鞭となって心の駒を鞭《むちう》った。

しかし、堅固な復讐の城塞と思えたあの留置場の二畳も今は失われた。そしてあの中で思ったことや企てたことも大部分色褪せてしまった今、自分の生命の力も天翔《あまが》ける力を失ったことを私は感じないではいられなかった。

私は急に陶酔からさめたようにさっき診察室で院長が駈け引きなしに「これはひどい、これは全身結核と言ってね――」とその特徴を説明したあけすけの言葉や「心臓の雑音も相当ですよ。これで今少し自動車を乗廻していたらどういう事になったかな」

と言った嚇《おど》かす様な言葉などをこまごまと甦らせた。それには、勿論救済者という派手な立場を尚彩ろうとする罪のない誇張はあったにしろ、回転椅子に掛けた私の裸の背をはっ、しはっ、しと打つに充分な圧迫的な内容があった。灼けていたあの時の心と体とには、その言葉の打擲《ちょうちゃく》はむしろヒリヒリと薄荷《はっか》を塗ったように快かったが、今となっては、多少の疼きとなって思出されるのであった。

彼は言った。両肺が侵されていること、腹膜の炎症も殆ど腹部全部にひろがっていること、何箇所かにもう癒着ができかかっていること。その癒着の場所に院長の手がさわる度に私は吐気を催した。

それらの症状の中で、何と言っても私の心に強くひびいたのは、両肺が侵されているという宣告であった。「異常な音がする」と言われた瞬間から私は胸底の痛々しい傷口に外気を触れさせない為の様に思わず浅い呼吸をする様になった。そして脆弱になった神経の赴くままに、その音は呼吸の洩れる音ではないかと密かに想像した。

「その肺は、ひょっとすると、長く着た着物の膝などが摺り切れるように摺り切れかけているのではあるまいか。私は生れて以来、何億回となく呼吸させて貰ったのだから、その摩擦だけでさえ肺が破れてしまったとしても不思議はないし恨む筋合はないかも知れない……」

私は己れが空しくなる程の謙虚さをもってすべてを受入れようと思い、そっとこんなことをさえ思った位だった。

しかし、そういう諦めと並行して「いっそ腹をあけて、この水をとるという方法もあるにはあるんですがね……」

とさっき院長が言った言葉の尻がまだ不消化のまま幾らかの未練となって胸に閊《つか》えていることも感じないでは居られなかった。

私は生きたい早く治りたいという病人一般の希求のほかに、糸を紡ぎ紡ぎのばして行くような、日常的な闘病は一日も許されない身の上から来る焦燥に迫られていた。

肺は仕方ないとしても、腹膜炎だけでも治せばせめて歩くことができる。いや、そんな小さなこせこせした都合からばかりではなく、実は卑下や悲哀の皮を一と皮ずつめくった腹の底に「病気に罹った人間は癒す権利があるのだ」という傲岸で不遜で時と場合もわきまえざる図太い思想が陰見していることを、自分でも些かは当惑し覓《もと》めていたのであった。

私は健康な頃不用意な見舞人として、やせた結核患者が魚の様に並んでねている施療病院の重症室を幾度も訪問したことがあった。彼等の命の糸は、電球の中のタングステンよりも微に、少しの生命力の燃焼に堪えずに切れてしまうかと思われる程細っていた。こみあげる咳を見てさえその命の危急かと思うような恐しさを覚えた程だった。

その彼等の枕元の台にのっているものは、薄黄色の水薬と三角に折った紙の中の一匙位の散薬に過ぎなかった。彼等はもう何ヵ月も熱をさますために散薬をのみ、胃の消化をよくするために水薬をのみ、たまには湿布などするだけでむらがる根強い病菌に立向っているのだった。いわば肉体のみから間接的に病菌を嚇かしたり、合図を繰返したり地表から地底に水が沁みて行くように水分の作用が患部へ沁み込んで行くのを待つという根気よい方法をとっているのであろう。

　医学知識のない私にもそれが緩慢な大迂廻戦術であることだけは判断できた。そして、一体、人間をかくも家来の如く忍耐強く仕えさせる結核菌とは、そも何者だろうかと思い、それはどこにでもいるという点、そのくせ目には見えないという点で「神」という存在と似ていることを滑稽なことに思った。

　だが、今にして思えば、彼等は医学の無為と貧富という浮世の摂理とに対してかくも忍耐づよく堪えていたのだった。それにしても、「結核を治す薬はない」と未来の予測まで含めて断言する世の医者の懐疑のなさは何と苦々しいものだろうか。同じ時代の同じ世界で、軍艦や爆弾の製作の上では、多くの荒唐な空想が、科学として実現されていることを、私は切実な比較として考えてみずには居られなかった。「そこにも時代の犠牲者がいるのだ。自分も、これからそのお仲間入りをするのだ」

　と私は悲壮な感慨に打たれてつぶやいた。そしてそれやこれやの想念の末に、

　――治る治らないは問題じゃない。治ろうとする努力の過程にこそ価値があるのだ――

　という情ない箴言《しんげん》のような声が天の一角にひびくのをきいたときには、目を煮るほどのあつい口惜しい涙がとめどもなく溢れてくるのをとどめることができなかった。

　その前年の十二月、私は夫と一緒にいた警察から一人だけ分けて東京の郊外にある小さな警

察に移された。足袋も櫛も使うことができず便所に行く回数も制限されているような留置場ぐらしも、夫が向うの監房に見えていたからこそ何程か慰まったものを、私がよく夫の監房の方を向くという看守の報告によって、この警察に移した。じきに正月となり、窓外には、オレンジ色の陽が照って戦勝気分の行進曲や、好景気を語る自動車の警笛がひびいたが、異様な沈黙の領したこの建物の中は、ピシピシ音のする寒気で、水道の氷柱《つらら》は錐のように下った。

私は寒気の特に甚しい日には、自分もふるえながら持病のある夫の上を思って絶望した。敷いている莫蓙以外すべて鉱物質で出来上った夫の留置場は、離れて思えば冱寒《ごかん》の氷窟としか泛ばなかった。自分の見戍っていない所では、何か夫の上に不幸が起るという危惧は、取越苦労の多い私の習性ともなっていた。愚かしくも私は、たまに夫のいた留置場から出た小犯罪者がここへ入って来るのを一つのたのしみとして待った。

そういう私自身は、何度もつづけて風邪をひいたが、気持をいっぱいに塞いでいるさまざまな問題に煩わされて、いわば肉体は空家のような空けっぱなしの不摂生に晒されていた。その隙間からこの病気が入り込んだ。或は、私の中に眠っていたその病気が不摂生に揺り覚まされて、目覚めたのかも知れなかった。

毎日微熱はつづいたが、私は大して気にもせず冷水摩擦を行った。朝雑役が絞ってよこす半切の手拭がどうかすると凍って、ひろげるときしんしんと音のするのをつかんで加持祈禱師の女のような形相で全身を摩擦した。喚くことも罵ることも笑うこともできない生命のすべてのこう衝動の捨場は朝のこの行事一つにあるのだった。

もとよりこういう場所にいては、カラリと気分のよい日は日本晴の日よりも少なかった。こういう境遇に敗北すまいとする知らず知らずの習慣から毎日の努力はその不快を気にすまいという方向に向けられて、結核の最初の微細な徴候を取り逃がしたものに相違なかった。

その頃、私は、警視庁から出張する役人に調べられていることになっていたが、はじめから調べるべき犯罪事実のないことは彼にとっても世話のないことであった。

「そっちの窓の所で本でも読めよ。俺はここで一寸睡るから」

と彼は言って机に肱を突いて一睡りしては帰って行った。思想犯罪者に小さい奇蹟を現してくれる「転向」という懺悔《ざんげ》も、懺悔すべき事実のない所では致し方もなかった。私は改悛の情がないというこの警察からの情報にもただ任せておく外なかった。極東に大帝国を現出せんとする軍部や思想家の法案は、そのずっと前から誰の目にも明白であった。その案が強行する轍《わだち》の下で、種々な組織や思想が音を立てて打砕かれた。二十九日以上の拘留は考慮して建ててない留置場が種々な思想者の収容所と変った。彼等は思想者が困憊《こんぱい》して自分の思想に踏絵をするまで泥棒や賭博師と一緒に毎日壁の一点を凝視させておくのだった。時々混み合って坐れない時には、半数の人間だけ立たせて、夜中それをつづけた。

「刃の錆になりますかな」

と固い決意を眉宇に現した天理教信者もいたが、よい待遇にありつくためには、巡査の靴を磨く学者もいるのだった。

「待っている人もない所へ、早く帰って行っても仕方ないから」

私は、いたって控え目に、自分の決意を表明する外なかった。実際おかしい。私はその二畳に住みついて、夜は寝巻を着、昼の着物をたたんで寝押しをするほど日常的になって居た。戦争が終るまでは――という見透しからすればまだまだ長い滞在をひそかに私は期して、すべての気持を小出しにすることに努めた。強いて言えば私の災難は偶然とは言えず、十八歳にして親のもとをはなれた時からいわばこれらの受難は覚悟して自分の道を歩んで来たのだった。

やがて春が訪れて高窓に射す布片ほどの日ざしも自然の愛情が甦ったかのような感激だった。同じ窓枠に毎夜見る星が潤んで来たのさえ何という慰めだろう。頑に閉ざしている私の気持とはかかわりなく、髪は脂気で柔くなり着る着物の体臭も自分でさえわかるのだった。看守にたのんで風呂敷の春着を出すにつけても、着物の世話をする人がないであろう、夫の身の上はやっぱり私の胸を暗くした。

その頃私は夜の咳になやんでいたが、木の芽の巻葉をひらかせる柔い一雨が十日以上もつづいたあとでは、昼も咳き込むようになった。

その年は、それからずっと雨が多くて豚が流されたという報告が警察に来た程だった。私の咳はひどくなるばかりで、全く、肉体の奥の奥の方に押えつけられている何者かが、やむにやまれず飛出して来ると言った勢だった。

咳がとまると熱が一時に騰った。しかし熱は咳ほど苦しいものではなく、私はむしろ、毎日珍客でも迎えるような気分でその襲来を待つ倒錯した境地にあった。

実際体力もさして衰えぬ体にひそひそと熱がさして来るときは、色あせた三十すぎの肉体も充実し身内には滑りよく速い脈行が酒のようにあつい血液を湛えて駈け廻った。

しかし、熱が下って日常の感覚が目覚める朝や深夜には、言いようもない気持の迷路をさまよった。自分の生涯の道として選んだ無産者運動には、顧みて足らぬことは数々だったが悔はなかった。だが滑りよいタールが敷いてあるようにすべての思いの末が滑り込む夫婦間の問題となると、悔や悲しみがこんこんと湧いた。それは心を柔にしてくれるように溢れてくる甘い涙でぼやかされているとはいえ、未来永劫にわたって解き得ない一つの絶望的な結び目をもっているかとさえ思われた。

互に夫とよばれ妻とよばれて、向う三軒両隣と大差ない勾配の屋根の下に生活をかまえながら、私達は、妻が腰かけて夫が立っているよくある写真のようなのどかな一番いであった日は一日もなかった。

夫と妻をとりまく内外の大きい問題をはじめとして時には家の中で今晩は誰が蚊帳《かや》を吊るかという問題でまでありきたりの習慣を措いて一応根本から原則を検討してみなければすまないような溢れる感情の精力をもって向い合った。

しかしまた別な見地で見れば溌剌《はつらつ》とした精力の結果として、二人が分ち合う日々の感情は泉が今湧き出して今流れ去って今また湧き出すほどにも毎日新だった。二人は毎日新に愛し合った夫婦という共有の池か何ぞを所有したつもりで、その溜り水が古くなって腐っても尚安閑と二人で番をしているような安定とゆとりはよい意味にも悪い意味にも二人にはなかった。二人のよってもっている土台は毎日掘って検《たしか》められているようなものだった。寂びも枯れもつく暇がない程に。

そのくせ一方ではまた二人は、足袋で言ったら右か左かだけの一組ではないかという疑問をもち合って苦しんでいた。それでありながら、右と左とに分れることさえ互に相宥されないのは何故だろうか。

あるときには、心が爆発するままに、火鉢で握っていた火箸で、眠っていた夫の顔をはっしと打ったこともあった。口論の末に殴りかかって行ったこともあった。そして、二人の間ではそれが男女を弁えないこととも考えられなかった。

二人で一つの心を形づくっていた私達はこの度引裂かれて互に不完全なものを分ち合った。私は自分の心が残して未だ半分の心を求めて疼くのを見て、その半分もまた疼いているのをつねに教えられた。今も私は自分がこの問題で思い煩っている故に、あのコンクリの壁に添って坐った夫の心を何が去来しているかが苦くまざまざと見えるのだった。

彼も四十となり、情熱や感激に乗って事をなす時は過ぎかかって、後半生は何に力を注ぐべきかを改めて思う年頃となったのだ。それを成就するに必要な後方基地としての家庭に熱すぎも冷たすぎもしない温かき平凡を求めたとしても、それを退歩だとどうして一がいに貶《けな》されようか。私達のような女にとって、平凡な妻であることは、非凡な妻であることよりも至難だった。しかし、彼がそんなにも求めているならばつとめてなれないこともなかろうではあるまいか、よし、なってもみせよう、その平凡な妻に。

もしも、夫が永い獄中生活からかえって来て再び家をもつ暁にはと私は郊外の畠つきの家を描きながら思った。

春には味噌を煮て醗酵させ、夏には干瓢《かんぴょう》を切って干し、秋には沢庵を黄色に漬けよう。それから山羊と鶏とを飼って、産んだ卵には墨で日付を書込み、また桶に鱒を飼って……そこまで思って来るだけで私はもう、それらのプログラムをすべて実行してみたあとのような疲れを覚えて、「あああ」と深い嘆息をせずには居られなかった。

その頃、私は幾度も出した願いが漸く叶って、医者に診て貰うことになった。

電話でよんだ近所の医者が二階に待って居り、私は呼びに来た当直の刑事につれられて行った。みるとそれが、以前、この地域に住んでいた頃、かかりつけた博士だったのは奇遇で嬉しくもあった。

彼は脳髄の研究で博士となり、内科を看板に揚げていたが近所に評判のよい医者ではなかった。しかし、私は前から医者の評判というものには疑問をもっていた。医学に暗い一般人に医術の批判ができる筈はなく、薬価やサービスの善悪は、医者の価値としては何としても第二義であると思えば、そういうものを標準にする評判は必ず医者の本質に触れているとは思えないのであった。ただ彼が診察室で必ず自分の得意なエスペラントの方へ話をもって行くことは困りものだと思い、その点で、やっぱりあまり尊敬していたわけではなかった。

私は、手拭を細く裂いて作った紐を腰紐の代りにし、帯もせず綿埃だらけの髪も同じ紐の端で結んでいる自分のみじめな姿を、いくらかは憐に思いながら、彼にだけ聞える声で「しばらく」と挨拶した。階段の下から、上半身を先に見せて昇って来たのが私だとみると、彼は一種異様な表情でしばらく凝視していたが、

「私はこの人に『しばらく』などといわれる程の知合いじゃありません。ほんとに。ただ一二度診たことがあるだけです」と刑事をかえりみて言った。そして診察がはじまった。

脇にはさんだ検温器は、この間に彼自身が抜いてみたが、「熱はありません」とそれも刑事の方に言った。

はじめの一言で投げつけられてしおれていた私は、熱がないという言葉をきくと急に勇気が出て、今までの不快がみんな自分の思いすごしだったことを思い、その一瞬間に自分の全半生の思いすごしの過失を全部反省した位だった。そして、自分でも恐しくてまだまともには思ったことさえない「結核」の疑問がはじめて易々と口から出た。

「この体格で結核の心配なんぞ……」

彼はむしろ苦笑する調子で言い往診料はどうしても要らぬという所に私への些かの憐みを見

せてかえって行った。

しかし、それから三四日たつと、私は、一枚の軍隊毛布の中に柏餅になって寝たまま、やたらに光と音とを憎んで昼も夜もびっしょり汗をかいて寝返っている自分を見出すのだった。盆が近く賭博の多いこの郊外では、夜中に入って来る新入りで一人一人の身体検査や取上げておく所持金や場銭の計算などなかなか手間どった。そしてそっちを向いたとか話をしたとかを罵ったり殴りつけたりする音が、いつまでも私の眼をさましておいた。

私の監房は看守の机のそばにあり彼等が人権に対しては、腕を折る位のことにさえ平気な割に金銭となると一銭二銭までを尊重して幾度も丹念に計算し、書類に持主の爪印を押させるまで否応なしに終始見物しなければならないのだった。

いつの間にか私は神経の上では看守よりも居丈高になって、きょときょとしたこれら悪意ない犯罪者達に、「早く猿股の紐をとれ!」「入る前に便所へ行くんだぞ。勝手な時には出さないんだからな」と習い覚えた罵声を心で浴せかけている自分を発見した。もし扉に五百匁もある錠がかかっていなかったら、出て行って、今ごろのこのこやって来たこの馬鹿どもを殴りつけてやりたい程に苛立っているのだった。

苦い思で看守から係に出して貰った診察の要求には答がなく、彼等は私が釈放されたいために仮病をつかっていると解して、留置所へ見にさえ来なかった。各署を水戸黄門のように廻って歩いて通り魔のように恐れられている警視庁の監察官が、この留置場にも不意にやって来たのはこの頃だった。彼は、女留置人が自儘《じまま》に寝ている扉の前に立停って、「これはいつから入っているんだ」

と恐縮している看守にたずねた。そして看守が長い日数を言うと、やや満足したのかだまって立去った。何故ねているかは彼の神経に少しも問題ではなかった。留置場でねていてもよい権利があるほどこの女が長く入っているのかどうかを知って看守の成績に採点したかったのだった。何によらず、極度に訓練された個性というものは、美しくさえある、と私は逆説的に思い、黄色な肩章の印象を一寸反芻するのだった。外ではこの頃、戦争が徐州まですすみ、各署で私と一緒に入れられた人々の調べは一段落に向いて、同志の思いがけない行動のニュースが新しい留置人からそっと伝って来たこともあった。それやこれやが、崩れて行く健康に絡まって、理知で布石していた今後の行動の綱領は、こみ上げる衝動と感情の渦巻とで手捌《てさば》きもつかないほどに縺《もつ》れてしまった。

若い間身につけた教養も覚悟も私というものの芯までに徹っていなかったことを否応なしに知らねばならなかった。

何も信ずるものはない、憐れむものもない、誰でもがみんな自分の生命の力だけで全世界に立向っているのだといったような孤独な考が私の中に育つようになった。「復讐」ということが真剣に私の問題となった。何故今、自分の手に一梃の機関銃がなかったのかが口惜しくて男の脂くさい軍隊毛布の端を歯で食い裂いた夜もあった。

しかし、慰めもない病床では時に心の玩具にもなる流離の涙さえ湧いては来なかった。涙に代る汗が間断なく眼の下や脇腹や足の太股を伝って流れた。無数の虫に這いよられている感だった。病人を訓《おし》えるべき医者にもかからず、病人を躾《しつ》けるべき看病人ももたない私は、いわば放恣に病みたい放題に痛み拡がった病人だった。自身病人になって気付いたことは、病人には、治りたい治りたいという一筋の悲願の逆作用として、不安な焦燥を心に保ちきれず、いっそ全身を麴《こうじ》の如く病菌に任せて崩れて崩れ切ったら安堵できるかと思われる邪な希いがあった。

それに釈放されたとしても、行くべき家をもたず、看護すべき家族をもたない私は、自由な身となって路に倒れるよりもいっそここで淫売や万引にかしずかれて欠けた椀から末期の水を呑もうかという思案にも少々は囚われかかっていた。

そう思って気がつけば、ここが室代もいらず、食費もいらぬということで無上に有難い安住の場所と思われた。自分の性格として、もしも、どうしてもここを出て、名医の病院に入院したいなら、何かで扉をあけた拍子に廊下へ出て誰か責任者がくるまでどなってどなり散らす位のことはできないでもなかった。また私はこの留置場を以前喀血で出た思想犯が、実は指の血を吸って口から吐いたのだという話を外できいて知っていた。ここへ来てから、看守にいかに彼の病気が重かったかを聞かされた。心で笑っていたが、その位の才覚は、私にもないではなかった。が、そうはしない心の弱味がここにあった。

事実、私は、見る見る何の支えもなく山から石が転り落ちるように病気の混迷の中に落ちて

行く自分が可哀そうで、一種の義務感から扉口に立って、

「部長さんを呼んで頂戴」

と二三度叫んだことはあった、しかし、それは誰に聞かせるよりも自分に聞かせるためだった。その語尾の徹らない弱さは致し方もなかった。とはいえ、私はどんなに生きたがっていた事だろうか。命を賭けた真理のためにでも笑って死ぬわけには行かなかった。それに、私はこの検挙以来、断じて支配者とは妥協の道のないことを肝に銘じて確信した。たとえ爪痕一つでも、この世に生きて苦しんでもがいた印をのこさずに死なれようか。そういう、一筋の憤りのほかに、生き物としての不安や恐怖や未練や悲しみが髪の毛のように摑みついてもいた。私にとって一人息子でもあり父でもある夫をこの人生行路にただ一人残しては行かれなかった。

夫のことはああ思いこう思いしている間に、私は遂に自分の生んだ子供と思うようになっていた。自分がうんではぐくんで育てたと同じ思いを私は自分の中からとり出して彼の上に加えて来た。すべての結合が摧《くだ》かれ破られて粉々になったこの反動時代に愛だけは遂に砕かれなかったということに浄い涙で満足するのだった。

私はそうやって尚しばらく捨てて置かれたが、やがて、留置場を管理する司法部の抗議で、再び医者の診断を受けることになった。

こんど呼ばれた医者は警察官のかかりつけであり、聞いている話の中で、ガソリンの配給券などをめぐって、色々入組んだ利害のあることがわかった。彼は留置人を診るに慣れて心得た

こつで、病気は、ひょっとすると腹膜炎になるかも知れぬ、と、今はなっていないような意味を含めて私のきいている所では証言した。「なっている」と言わなかったために私は再び留置場に返された。

その夜寝苦しい格子の中にプーンと清潔なアルコールの匂が漂って来た。恐しい程の直感で首を擡げてみると、昼間林檎を剝くナイフと湿布のネルを切る鋏を貸した看守が、私のねむるのを待ちはたして消毒しているのであった。

私はいささかぎゃふんとし、それを自覚することで、決定的に結核を覚悟していなかった自分のあやふやを嘲ってみるのだった。

私は改めて、私が眠るのを待ってくれたこの看守に健康者のやさしい情を感じた。一と通りには感じた。

しかし、こういう廻りくねった筋道で自分の病気の真相を知らされるということは、知らされ方としては直接に言われるよりも何倍もの辛さだということを思った。そして、すべての結核患者に張りめぐらされているであろうこういう煩わしい神経の網を思って暗然とした。また笑止にも思い、その杜撰さをわらいたくもあった。そうして、健康者との間に一つの溝をもった。

私が外へ出されるためには、猶《なお》正規の警察医の診断を受ける必要があった。しかし、私はそれを心待っていなかった。夜となく昼となく、何処へと暗い夢魔の声が枕辺にきこえ、困憊した肉体の行先をか、行暮れた心の行先をか検問する心地だった。

すでに、私達の住家は家主に取戻され、家財は売ったりくれたり、貸したり家主に押えられたりして散っていた。病気ときけば、一畳の屋根の下、一椀の粥を恵んで呉れる知人友人がないでもないけれど、既に、色々迷惑をかけている上、病気が病気だし、身の上が身の上だった。取敢えず親類と友人のF子さんだけには相談の手紙は出したが、それには決定的なことはかけなかった。

「ひょっとして、こんな所で死なれては大変だ」という警察の意向が働いて、他署と兼任した警察医は、早く呼迎えられてしまった。そして、引取人は来なくても、出てよいという命令が思いがけなく早く留置場へ来た。

「さあ、……そうですね。もう二三日置いて下さいませんか。一寸都合がありますから」

私は思案の末、そういうほかなく、すぐにはどうする知恵も働かなかった。係の巡査は、思いがけない答をきいて憐むように、

「出してやろうというのに待ってくれと言った人間は今までに一人もないぞ。行く所がないのか」

その二三日はすぐたったが事情は変らなかった。

私は、追出されるような後味をのこし、住みなれた留置場を出て黴《かび》だらけの下駄をはいた。別れるとなれば褐色の壁や鉄格子にもある心は残ったし、後に入って来る不幸な女達の慰めに、何か温かい言葉を空気の中へ残して置いてやりたい様な感傷も感じた。結局、黄楊《つげ》の櫛一枚をのこし××行きの切符をかって電車にのり、途中で乗りかえた。眩暈《めまい》のする頭を硝子にもたせ

ていると、やがて、電柱が一本ずつ走って擦違って見慣れた××駅の構内が見えはじめ私の当惑は募った。もともと××駅と言って切符を買ったのはそこに長い間住んでいたからの習慣みた様なもので、貸主に返した家にかえれる筈もなかった。

そこから十五分ばかり歩けば行ける花さんの家も、町内で邪魔にして取払い運動が起っているほどの四畳半の長屋であってみれば、伝染病の醱酵ざかりみたいな体を運んで行くべき所ではなかった。

とうとう電車は速力を落して、前に住んでいた家が石臼のように静に廻りながら窓外に見えた。その付近の空は特に明るい様に思え、その家をとりまいた電信柱、溝などに体をすり寄せたい程親近の情がわいて来るのに、その芯にあるその家が冷えた他人の家だとは、何と信じられぬ悲しいことなのだろう。

私は静にその悲しみを味わいながら、よろめくように荷物を持上げて電車を出た。出るには出たが、荷物をもって歩ける体ではなかった。私は流の底に淀んだ重い石の様に降りる客の河から取残されてことんことんと一段ずつおりた。この駅へおりて来た理由は、ますます気持の中で曖昧となり、足は当惑のためにも幾分かはよけいに鈍った。

その時改札口の人波にまじって、子供を負った親類の花さんの姿がふと見えたのは、何という救であったろう。私の胸の中には、肉親に会ったときに感じる湯のようなものが湧いた。彼女は私の手紙を見て、警察へ電話をかけ、多分ここへ降りてくるだろうと思って、もう一時間も待っていたと言った。

私は二言三言彼女の勧告をきき、一寸考えたばかりで、落ちそうになっている棚の物が触った人の所へ落ちて行くように、彼女の所へ行くことにきめてしまった。

「そして、今晩中にどこへ行くかを改めて考えよう――」

と自分自身に弁解しながら。

駅前のタクシーに乗込むと、背にいる大きい児が、

「小さい自動車だなあ」

と喜んではやしたてた。その言葉で、この児がバス以外にのったことがない事が私の頭に来た。それにつれて今これから行こうとする花さんの家のさまが脳の中を自動車の速度と同じ速度で掠めてとおった。

その家は四畳半一と間で、窓というものがなく入口の硝子戸二枚が省線の線路と何尺位しか離れていないコンビーフの様な長屋の一軒だった。

花さんは、私の重い気持を散らせる為に、ちょうど夫が地方へ行っていないこと、差入にもって行こうと思って、卵の黒焼をこしらえて、脂をとっておいたと話した。卵の黒焼から出る一滴の脂が熱をとる妙薬だとは先日彼女が面会に来たときにも頻りに推奨していたのだった。

しかし済まない事に、私はそういう地道な思案から幾桁もとび離れてあの室の洗った様な貧乏と、麴室《むろ》のような不衛生の中に身を投げ込んで、体の中に尚胞子のまま眠っている病菌にみ

んな芽を出させ、その菌にまた胞子をうませて誰も意識してはきわめた事のない死の一つ手前の病気の絶頂というものをこの目この体で醒めたまままきわめたい悪魔的な嗜欲《しよく》の中にいた。

私は有難い感謝からよりも、残酷な期待から露地の行く手に現れる長屋の角を見戍った。ちょうど電車が来て、私の裾は煽《あお》り風でゆれ、彼女は長くこの家に住み慣れて、さし迫った口調の話もぷつんと切って、通過を待つのだった。

私は恐しいくるめきを感じて、家の中に這い込み、そのまま、室の真中にねてしまった。

花さんは、手順よく近所の方面委員の所へ行き、かえって来て、また印鑑をもって出て行って鳥のもつを買って来たりした。

子供は、その間にありったけの声で泣き喚いたり、木の鉄砲をもって、兄と二人で私の床のまわりを駈け歩いた。

夕方になると、彼女は駅まで、工場からかえる娘を迎えに行くとて出て行ったが遅すぎたのか長屋の端から走り出したのが、微かな地響となって私の枕に伝った。そしてかえってくると湯に行く娘のために、私の布団の裾をめくって行李をひろげて下着をさがした。それからはすべて彼女の忙しさをあおる伴奏のようなものであり、私の寄宿で、日常の手筈に狂いができて手の廻りかねるさまがいかにも思われた。

ラッシュアワーで電車の台数は夕方から多くなり、一日の勤労に疲れた人が乗っている筈だと思いながら、明るい灯を溢れさせて行くさまは、いかにもたのしい歓楽をのせて行くかのように思えた。電車が表にさしかかると、室内よりも明るい電車の灯が覗き込んで来て広いリボンの様に私の見ている壁の上を横に走った。そのたびに毛穴から吹き出す汗が玉となって、目の下や脇腹を、そこにもう流ができてしまったように流れ下った。

夜が更けるとこの長屋の前で車庫入りの電車の折返しがはじまった。客のない暗い電車がこまでくるとパッと明るくなり、逆に動き出す衝動をガタンガタンと一台ずつうしろへ送りながら、以前のうしろを今度は前にしてセルロイドの吊皮を一列に振り振りどこかへかえって行くのだった。やれやれと思う間もなくまたそれが繰返された。

この電車はどこへ行くのだろう。電車の寝床へか。空とぶ鳥や土に潜む狐どころではない、電車にさえ寝る所があるというわけ——

私は目と耳から体内に入る音と光とに対抗して、土俵でも当てて防ぐように、必死になって気持をほかにそらそうと試みた。そうして眠りの手綱は幾度も掴みそうにしては手放され手放されして、夏の短夜は菫《すみれ》色に明けかかった。

泉のような夜明けの空気を吸うと、傷みに傷んだ神経も暫しはやすらって、汗のとまった皮膚が気持よく撫でられた。

そして、きのうの昼から気負いに気負って来た気持は支えきれずにへたへたとくずれ折れて、この長屋という条件を好都合に何とはない敗北的な感情を煽りながら、悲壮にヒロイックに病気を病もうとした自分の甘い空想が小気味よく外れたことが思われた。

現実の地表だと思った誇張的で誂向《あつらえむき》な現実が一と皮むけて、それ程でもないという点でもっと世知辛くせせこましい現実の地表がふっと自分の前に隆起して来たような幻滅感は今までにも熱のない時によく味わった。やけた畳の一と目一と目が枕の向うにちゃんと見えるのは、そんな瞬間だった。

朝になった。ゆうべねてからじっと考え込んでいた花さんの考も私の考も期せずして一致した。それは少々の持金で廉《やす》い病院に取敢えず入り、あとから施療の手続をしようという考だった。私は起上り、葡萄色の唇のうつる小鏡をのぞき込んで髪を丸めた。忠実な侍女のように留置場までついて行ったが、ついに使うことを許されなかった小鏡だった。腹がきのうより一段と大きくなったことは腰紐の余りが少なくなったことでわかった。

花さんは傍へ寄ってきて、救貧法の条文の一節を説明して、それのお世話になれば戸主の公権は停止されるとか、こういう病気を無料で扱ってくれる所はどことどこだとか、今まできいたこともない細菌研究所や宗教団体の扱いぶりを比較した。

私はきのうから彼女の博識にしたがって、色々なものを食べさせられて感心していたが、支度が終って硝子戸に取組ったとき、思わず見上げた一枚の肖像額で胸を突かれながらその不審は氷解した。

そう、そう、彼女の義弟もこの病気で何年となく病み、そして死んだのだった。

戦国時代の一将を始祖に、何がし大学守《だいがくのかみ》の役名まで朝廷から貰ったことのある由緒の家の次男が、東京の施療病院で死んだとは、郷土を賑わした悲話だった。

高価な病院療養から自宅へ、自宅から施療病院へというこの病者特有の転落経路のうちで、あの時の彼は、科学者らしく、郊外のささやかな家の戸障子を一切取払って、生一本に原則的に結核の療養生活を送っていた。

ああ、私は見舞に行って義務のように三尺二尺と彼の床のそばへにじり寄りながら、こういう場合健康者は相手の病気をあくまで無関心と見せたものか、正直に用心してみせてよいものかとひどく迷っていたのだから、見た目にはさぞや気持と動作とが二つに割れて笑止に見えたことであったろう。すべては、健康という無知がさせるわざであったのだった。

それにしても、ゆうべ一と晩中彼の写真に見下されていたということは、何かの意味であったろうかと、私は自分のねていた場所を目で調べた。しかし、そうは思いながら死んだ彼と自分との間にそれ程の距離も感じなかった。

一種の気分を取上げるとすれば、むしろ、花さんの慣れ切った結核者への扱いの方に、思い当るものがあって、この次男が坐っていたため温まっている椅子か布団かに私が代って坐っていた様な後味を感じた。恐らく花さんの経験の中で、結核者の軌道は一つに違いない。

どうかして治してやろうやろうという切ない愛情とは別に、彼女は私の病むさまを見たとき、義弟の長い病気の段階のいくつかと無意識に照合していなかったと保証できるだろうか。

とぼとぼと花さんについて歩きながら、そんな事を思いつづけると、花さんの経験が無闇と恨めしくなった。そして、すべての傍観者は病む本人よりも一歩さきに病人の前途を見極めて諦めるものだという事に思い到って、捨てて置けないこの世の曲事を発見した様に慨《なげ》かわしかった。

けさ、花さんが近所できいて来たのでは、新市域が旧市内に入ろうとする所に、目指す市営の病院はある筈だったが、なかなか見つからなかった。樹木を挟んだ住宅が特色もなく並んだ道のとある角で、運転手は勝手に車を駐めてしまった。

車をおりてふと見る側に、邸《やしき》にしては大きすぎる建物があった。それが目指す病院だったのは意外だった。が、よく見れば何となく手を加え足りない庭木のさまやつくりは立派ながら家具の足りない玄関のさまが、たしかに廉い病院の構えだった。

受診の手続は簡単ですぐに内科の廊下へ廻った。しかしその待合室に立ったり腰かけたりして待っている患者の大群集を見たときには、私の心のたのみの綱は音を立ててぷっつり切れた。私は、運搬車の上で泣き喚いている子供に近く壁によりかかってかがんでいたが、並んだ花さんの手に、小さい診察券が護符のようにしっかり握られているのさえ情なかった。しかし、待ってみると診察時間が短いので着物をといて待っている順番は案外早く、診察室の目かくしの簾扉は絶えず袖のようにあちこちに動いて帯をつかんだ患者を一人ずつ送り出したり入れたりした。それは、機械が同じ型のものをたくさん打出す大量生産という言葉を連想させるような機械的な運動だった。一たんは絶望してみたものの、やっぱり私はすべての頼みをその室の中に置くより外仕方なかった。

結核患者の数と救療ベッドの数との問題は健康な時からよく承知していた。そのため、発病者が一つのベッドを得るために、およそどのような道をとるかもよく承知していた。何の特別な権利もなく情実もなしに、私は幾つもの時間と手続とを跳び越えて、どうしても一つのベッドを得なくてはならぬ絶体絶命の境地に立っていた。

花さんも私に劣らぬ悲壮な気持を伏目に見せて、私の前に立っていたが、番が来たと見るといきなり子供を負ったまま、その簾扉を押さずに下からくぐって中に入った。子供の帽子がその扉に引っかかってはたりと落ちた。

一瞬間のそのこなしには私のど胸を突くものがあった。手を挙げてうしろから花さんがあけて入る筈の簾扉を受けようとしていた私の肩は萎《な》えた様に下ってしまった。私も反射的に下をくぐって入ったが、我ながら、空気を斬るような彼女の勢はなかった。

人生の羇旅《きりょ》に自分の不覚から行倒れた当事者の自分すら、いつこれだけ真摯《しんし》で謙遜であり得たろうか。私は自分の生活をとり巻く気の弛みや藪《やぶ》のように小煩い冗《いたずら》な想念をそれすら冗なことだと思いながら省みずにはいられなかった。よそ見をしている白衣の学生たちを後に囲ませて、そこに待っていたのは五十がらみの医者だった。もう幾人の医者の手に揉まれたことかと苦々しく思いながら、同じように腹をひろげ、同じように症状をのべる私には、もはや病気の最初の感動はなかった。

それに、私には、診て貰う以上の目的があった。

医者は一言ものを言わず、傲岸な態度で顎を動かし、助手にとらせて太い注射針で、私の腹から濁った水をとった。その針を突刺されても何とも感じない程に私の気持は焦っていた。言出すべき一つの言葉が唇の裏にぶっつかっている私には、遠くの卓からガーゼを取寄せたり、針をさすべき腹の膚に赤チンを塗る手続などみんな甚しい廻り道に思えて、ただ、終りを待つためにだけ見戍られた。

やがて、診察が終って一般に医者がその結果をいう時が来た。私は、それを自分の機会にする考でいたのに医者は助手の方に向いて、いきなり処方を口述しはじめた。

私は気弱くめくれ込んで来る気持を引立てて、その口述の中へ飛込んで行った。そしてそらんじているように自分の入院希望を言った。彼は答えずに首をよこに一寸振った。私は今一度同じことを言った。彼はまた首を振った。

そして、「あんまり出歩いちゃいかんね」と注意のつもりかはじめて口をひらいた。こんどは私の方が返事をしなかった。私は懶《ものう》く着物を押えて、助けを求めるように後を見ると、花さんは、子供が駄々をこねるのに遠慮して外に出て居り、不安な目つきで私を迎えた。既に私の態度で半分は結果を直感したらしく幾度も人生行路に失敗した夫にしたであろうように、ひかえ目にだまって、帯を締める私を助けた。

「だめ——」と私は謝るように言って淋しく笑った。

それから表に出てからの一丁ばかりを二人は目的もなしに歩いた。その目の前に自動電話が立っていた。

私は「待ってね」と花さんに言って、入ってあてもなしに鎖につないだ番号帳をばらばらとめくった。病むやせた手に取上げたせいもあって、その本の厖大な厚さと重さとには、今更ながら驚かされた。そして、その本の厚い頁を余白もなくぎっしりと横書きに詰めたその文明の利器の利用者の数限りもないのに呆れた。鬘《かつら》に植えた髪の毛ほどにも多い電線が、彼等の頭の上を四方に走り廻って、彼等に利便を与え、生活を賑わしているさまは見えるようだった。しかし、その限りもない人間の名前のどれ一つもが頑として私に何のゆかりの感も起させなかった。

私は尚暫くあてのない指先で頁をめくっていたが、ふと、「自分は誤っていたのか」という激しい自問が胸を突き上げてくるのを覚えた。

「自分は誤っていたのか。この社会制度に楯つく以上は、こういう場合にも困らないだけの財産を用意してからはじめるべきだったのか」

否々と私は自ら昂然と答えないではいられなかった。その理由は色々と胸に浮んだ。しかしそういう自問自答の間に頭の中に微かに灯った誰彼の名前は消えて微かな涙が目に泛んだ。

再び厄介になるまいと思った花さんの家に落胆して引返したのはもう夕方だった。

往診の医者をたのんでも、とても来てくれる長屋ではなかった。ただ、花さんが、遠い共同井戸から水を汲んで来て手厚い手当をしてくれるだけが慰めだった。

「食物もいらないし、世話する人も要らないのよ。ただね、長屋でもよいから、人がいなくてお金を請求されなくて、水があって、真暗な所に寝させておいて貰いたいのよ」と私が弱った声でいうと花さんははらはらと涙を落した。執著《しゅうじゃく》の強い性格のせいもあって、やっぱり私は出て来た留置場を一番安易な場所として思い浮べずにはいられなかった。翌日もねているわけには行かないので、花さんの知っている芝の病院へ行った。そこも断られて、もう私は歩けず今までいた警察に花さんだけが相談に行った。一たん家へかえらなければ、何とか方法があったのだが、他の管轄へ行ってはむずかしいという返事であった。もうどこにも道はなかった。

その翌日、私は禁ぜられている夫に面会するために、自分で自動電話をかけに行き、偶然に出て来たYさんがとにかく来いというままに、その警察に行った。そして、彼の口利きで近所の病院に行った。

（警官としては、昇進もせず成績も上らなかったYさんは、縞ズボンを毎日はくほど貧乏で、そのくせ、同僚にも留置人にも好かれていたが後にやめた）

〔1946（昭和21）年2月「別冊文藝春秋」初出〕

私は生きる

おとめさんの二度目の見合いの日には共同井戸で真昼からあしたの米をとぐ音がし、カーテンの綻《ほころ》び目から西陽が枕元へ落ちてくる時間にその畳へ私の夕食が置かれた。照りのないファイバーの椀の中に陽がさし込んで、鰹節の破片が浮游物のように浮いているのが四十歳の結婚そのものの感じとして私には受け取れた。

彼女が私の明石をきて階段をおりて行ってしまうと、私は、子供が母親の所在を確かめるように、物置のふとんを取り込んでいる夫の方を見やった。そして、かすれた声でなぜともなく笑ってから、

「ねえ、こんどの見合いはきっとつくわ、善感とかいうのだわ」

私にはなぜかその見合いが、あの種痘というものと一緒くたにして考えられた。

その男に逢ったのち、心の肌へのこされるほてり、腫れ、そこでその瞬間から何かの小さい命の営みがはじまったというような傷痕。愛とか恋とかいうものでもないし、肉欲でもない、肉体が妊娠する一つの手前の心の妊娠といったもの。

「四十歳の処女って恥なのかね。名誉なのかね」

「そりゃあ――だけどもおとめさんの場合はどっちでもないらしいわ」

処女という観念がしばしの間二人の間に器物のように置かれていた。私は夫の興味がそんな方へはしるのを何となく好まなかった。それに処女という抵抗を知らない夫がおとめさんの四十歳の処女を厚い壁の様に途方もなく恐れているのが少し見当ちがいの感覚としていかにも受

け取れた。

しかし、私にはそんなことよりも、もう見合いは結果がきまったものとして、男と女の間の理屈のなさといったことが一途に軽んじたく思われた。恣に思うことが許されるならそれをおとめさんの腑甲斐なさのようにさえ思ってみた。

今頃は四十年湛えて来た堅固な堤が思い切り決潰している頃だと思うと、そういう肉体や人生の大きな揺れは、この弱った神経では思ってみるだけで受けとめ切れない気がするのだった。しかし、それらの焦ら立ちのうしろには、またしても置き去られる、病気に晒され切ったこの白身の魚のような、私自身のにがい思いがあった。

思えば夫に粥を煮させ、髪を結わせ便器をとらせる生活は溺れた人間が救助者の泳ぐ腕にしがみついてしまうような生活だった。私は今までにも会社につとめていた夫に電話をかけさせて心臓の急を訴え早退の連続で夫を馘《くび》になる結果に陥れていた。毎日のことなのに、毎日新たな蒼い憂《うれ》い顔でそそくさと机を立ってくる夫はその社ではきっと同情を越えた笑いものになっていたに違いなかった。が、ガラガラッと天の岩戸でもひらく勢いで表戸を引く夫の取りいそいだ物音を階下にききつけた瞬間、下手な縫目のように気ままに縫って来た不整脈が急に列伍をととのえて何ごともない並足になるのも我ながら不可解だった。

しかし、こういう愚かな二人には二人だけ通じる思いの背景があるのだった。

私が病院で燃え切れそうな生命の糸を辛くも燃えついで、もう消えるか、もう消えるかと見戍られていた頃、夫は警察の留置場の雑役としてどう手をのばそうにもとどきようのない焦躁で私の命の睡魔を追い払うため虚空に向って力を入れるより外仕方なかった。夫は、その日その日の命の吉左右《きつそう》を知るために、きまってその日の吉凶を看守にたずねるのだった。どういう日が妻の命にとってよい日なのか悪い日なのかまるでわからないとすれば、どういう根拠から個性づけられたその日その日のそうした神秘的な個性にでもたよる外仕方なかった。

「きょうは何の日ですか」

毎日の質問で看守も夫を憐みながらカレンダーを見た。

「三りんぼだ」

三りんぼときくと夫はひそかに沈んだ。

「或はひょっときょうあたり――」

そして、夜ねるとき、きょう一日は何の知らせもなかったことを思ってほっとしながら心の紐をとくのであった。

その次の日にもやっぱり夫はたずねた。

「きょうは何の日ですか」

「きょうは先勝だ――」

「先勝ですか……」

夫は午前中だけは私の生命が保証されたような気がして心が軽かったが、午後になると午前中の分も加えた憂いでやっぱり沈んだ。唯物論者がかりにもと笑う者は笑え。それに夫はどういうものか、自分の身に嬉しいことがあった日に、私の病状の凶報をきくことが多かった。どうせ嬉しいことと言っても、大福餅が食えたとか湯にはいれたとかの程度のことだったが、ある日沈んでいるこの雑役囚を慰めるために一人の看守が夫を控室につれて行って茶をのめとすすめた。夫は何気なく茶碗を口にもって行った。と、淡い茶だとばかり思ったその琥珀《こはく》の液体は酒だった。思いがけない芳醇のためにこの頃退化しかかっていた舌も咽喉も総立ちになって麻痺の一つ手前の味覚の惑乱を味わうのだったが、そのとき心の中でピシャリと平手で夫を打つものがあった。

思いがけない酒にありついて餓鬼になっていた瞬間から急転直下、夫はギョッとして平常心にかけ戻って、吉凶の秤を大急ぎで見やるのだった。自分の方が下るときに私の方が上るのはこの頃のもう動かせない経験なのだった。

「しまった!」

と微かに色さえ変える夫を看守が見つめて、

「どうしたんだ」

といぶかるのだった。

その頃私は背の肉が落ちて床に摺れる背の痛みに悩みつづけていた。

ある真昼、とろりと弱い睡りに入った瞬間夫が枕辺に現れた。

「背中の痛い所へは綿を当てて貰え」

と言っただけで溶けやすい真昼の淡夢はさめた。

床摺れには熱がこもるので、かえって綿は悪いということになっていた。しかし、今まで病人に全く縁のない夫が夢枕に立っても尚その無知を現しているのが私にはむしろなつかしかった。私はたわいない涙を流して看病人に夢の話をしてきかせた。

「折角旦那さんがそう仰有るなら、じゃ暫くでもそうしてみますか」

という素直な言葉はそのまま私の心に嵌《は》め込んでよい心なのだった。

あれから私達の身の上も変転した。

夫はとうとう私の所にかえって来た。夫は保釈で出たその日から勤めに出て郊外の邸町が終って細民街がはじまる所に以前俥宿《くるまやど》だったこの汚い二階屋を探して担架と自動車で私を移した。私は多くの人の手で着物をきせて貰ったりぬがせて貰ったり抱き上げられたりして大きい人形のように他愛なくなっていた。抱え上げても首が据わらないので片手で支えていなければならなかった。病気のはじめ病院に入院したとき隣室に便器する前をあけて異様な器物を爽かな風にさらしている青年がいて、その姿のままあどけなく私の方を見た。私は彼の生命力の遠からぬ終焉《しゅうえん》を直感して頭を垂れた。今、移り変ってその青年が私になっているのであった。ある日お目見えした少女の看病人が便器を畳に置いて私の前をめくると一緒に「ほほ」と眼をふせて私のはずかしがらない恰好を彼女が恥じて真赤になっているのだった。

「ああさにずらう乙女よ。自分にもかつてそんな日はあった」

とその愛らしさを全身で愛撫する神経は減っていないのに、冷やかな空気に触れている前を特別に感覚する私の神経は失われているのであった。

「暑寒い！」

とときどき私は訴えるような傲岸で孤独なむずかしい病人と変っていた。

「わからんことを言うじゃないか。何をどうしてくれというんだい」

と夫は私のそういう神経を叱りながらも暑い寒さ、寒い暑さ、と心の中でその感覚を反覆してみて何とかその入り込んだ感覚を理解しようとしているのが見えた。

夏真昼私はびっしょり汗をかきながら、

「窓をしめて下さいよ。ねえお願いだわ。窓をしめて――」

と繰返しているのであった。

「暑さの中には寒さがあるわ。暑ければ暑いほど寒いじゃないの。そんなことがわからないのかしら」

と私は自分の感覚をどこまでも主張しようとしているのであった。

夫は仕方なしに毛の生えた腕をぬらして汗をポトポト落しながらときどき手拭で拭いて、しめた窓のそばで辞典を繰るのだった。

「ああ無念無想！」

と私はいくども自分に命令して天井の穴はる紙や障子の桟の折れはみないようにした。行っても行っても芸術の道が遠かったように、病気の道も究めれば究めるほど遠いのであった。私は、生と死の二色を旗印にこの孤独な道を一人堂々と進んでいつの間にか病気の英雄になっているのであった。

私の視野からは人生も社会も散大して消えていた。ドイツ贔屓《びいき》の医者がフランダース戦のころ、

「ドイツは近日英本土上陸をしますよ」

と言った言葉一つだけを覚えていて、とんでもない頃、

「もうロンドンは占領されましたか」

とたずねたほど超然としているのであった。またある地質学者が癌で入院した帝大病院で残りの著述を口述したという話をある人が話したとき、私は病呆《やみほう》けた部分と、呆け残った正気の部分とをあげてせせら笑った。

「私は病気三昧でいいのよ。この中に詩もあるし、生活も理想も創造もあるのよ」

それは、看病と生活でひしがれて、少しでも私が身をかがめ起すのを心待ちしている夫の希望を足でにじって土にこすりつけるような言葉だった。そういう言葉の裏ではアイスクリームをせがんで東京のさかり場というさかり場を夫にたずね歩かせたり夜なかに起して湯たんぽをわかさせたり脈を見させたりする私の気随気ままに正しい席が用意されているのであった。

夫が会社を馘になって家で机仕事をするようになってから、私はたびたびこういうことも言

うようになっていた。

「ねえ、お願い、灯を暗くして——」

夫は電気スタンドをふろしきで掩って、その下で頁を繰った。しかしそれでも淡いあかりは低い天井ややけた畳の目をほのぼのと照らした。

「ねえお願い、もっと暗くして」

という私の心臓は光さえ見ればやたらに駈け出す野馬のようで手におえなかった。

「そんなに暗くしたら、字はかけないじゃないか！　これが飯の種なんだぞ」

とうとう夫は憤り出した。しかし暗くするだけならまだしもだった。ときどき私は動く人間というものさえ神経に支え切れなくなって、

「ねえお願い、三十分ばかり外に出ていてくれない」

と言いはじめた。

「俺は物好にこんなことをしているんじゃないぞ。一体、どういう気持ならそういうことが言えるんだ。お前はそんなことをいうとき、俺に気の毒だという気持は起らないのか」

「起らないわ……」

私は例によって細い消え入るような声で、しかししっかりと答えた。

「起らないって！　それは何故だ」

夫は呆れて私の方を見やった。

「貴方《あなた》には気の毒だけれどもね、人は病気にかかったら直す権利があるんだわ。仕方ないわ……」

涙はこの言葉の伴奏としてばらばらと落葉のように落ち散った。所がまたこの言葉は一掬いで夫の足を掬う力をもっているのだった、夫はますます驚いて私の顔を見直したものの何かの正面切った大義名分の理念に一と打ち打ちのめされたらしく気を取り直して更に暗くする工夫をしてから、時計やが時計の部分を照らすような狭いあかりの中でジイジイとペンを走らせるのであった。

こういう私のそばから看病人は幾人も暇をとって出て行った。しかし私は二人きりになるのを喜ぶだけで、そのほかには何の思慮もなかった。

そういう所へ、何人目かにおとめさんが現れたのであった。

それは寒い真冬だった。私の室はとなりの室との境の襖を外して尚窓は深夜でもあけ放してあった。二人は火鉢を間にして一人は継ぎ物をし一人はペンを走らせた。時々手をあぶったり手を吹いたりしてかじかむのを温めるのであった。見れば、私の含嗽罎《うがいびん》に細い針のような氷さえちらちら見える寒さだった。

「寒いね。これじゃ堪らない。しめようや」

と二人は話し合って窓をしめたが、じき私は、

「息苦しい」

と言い出した。

「ちぇ、神経だよ。だけど病人に逆っても仕方がないからあけよう。寒いなあ」

結局窓をあけることになるのだった。私はまるで、既に病気の力で征服しつくした夫までを病気の手下にして新たに来たおとめさんを料理してかかろうとしているかのようだった。

実際、夫はどんなに私の病気のためにスポイルされていたか、たとえば私の枕元には小さい錆びた呼鈴を置いて階下までとどかない呼声の代りにしていたが、それのチンチンとなる音は私の呼んでいる肉声以上の肉声として夫の神経にはとくべつ反応するような習慣になってしまっていた。夫は道を歩いていても、それと似た音がするとビクッとした。あるとき、交叉点を渡る途中で信号柱の上からこの音がけたたましくひびいた。何か考えていた夫ははっと立ち止まって、交通巡査から思い切りどなりつけられたのだった。

それにそもそもの夫は人の雇主というものにはなり慣れないぎこちなさで、人が変ったかと思われるほど、雇った人には弱気に対する人だった。

保釈で出て来たばかりの頃ある日桃色ダリアを三本買ってきて私の枕元にさした。すると、そのときの看病人だった夫の身寄りの娘が、

「あら、きれいな花だこと。私もほしいわ」

と言いはじめた。私と夫がいぶかしく見ている前で彼女は別な花罎に水を汲んで来て、そのダリア一本だけをとって自分の机に挿した。その花罎のおかしさを見てから私の花罎を見ると

残りの二本で何とも恰好のつけようなくそれぞれの方角へ勝手勝手に傾いているのだった。

「二本の生花ってあるかしら」

という言葉は微かでも気持の中では握りこぶしに力を入れて、立てない足で地団太をふんでいたのは当然だった。彼女は、その前から、平等主義をどう取りちがえたか、この家ではそれが許されるという顔で病人一人が贅沢をするのは不公平だという建前から、私に肉をたべさせるときには自分も肉をたべ、私が卵をたべる数に近く卵をたべて、私の家に来たときの蒼黒い皮膚の下から、磨き出したような白い艶のある肌を見せるようになっていた。彼女のこうしたやり方にも縁辺の遠慮もあって、「少し金がかかりすぎるね」位しか言えない夫だったが、その滑稽な生花を見ても、

「二本の生花っておかしいって病人が言っているぜ」としかやっぱり言えないのだった。

しかし、おとめさんの来た頃には、実際の必要からもう大分変っていた。

夫はいつか私がからい清汁《すましじる》を吸っていたのを見てから私の三度の食事はことごとく自分でさきに口に入れてみて「これはからい。病人は衰弱しているからほんの一寸塩分があればいいんだから」と批評した。薬をのませる吸呑の湯さえあついかぬるいか自分で一寸吸ってのんでみてから「さあいいです呑ましてやって下さい。生ぬるいのはむせるから、熱いかいっそこの位に冷たい方がいいです」

だから、二人の食物なども思い切り切りつめることをおとめさんに要求した。

私はその頃毎日七勺ずつ肉汁をのむことにしていた。肉汁をのませようかということを考えはじめたのは夫自身であったが、今までの費用の上にその費用が加わるのは、夫の負担として考慮を要することでもあった。だから夫は、自分の発意でそれを言い出しながら私の返事を見戍っているような気持だった。もしか、私が「あんな呑みにくいものはいや」とでもいう答をしやしないかと微かに期待するような――

しかし、私は決していやとは言わなかった。肉汁は一度も呑んだことがないし、相当呑みにくいものだとはきき知っていたが、「生きるためですもの呑みにくくたって呑むわ」というはずみをつけた、のしかかる気分で、夫の繊細な気持の上をザザーと擦過して行った。

夫は考え深い顔をして肉屋へ交渉に行った。肉汁は、洋食の出前があった頃ソースを入れて歩いた罎に入れて搾り粕の肉を竹皮づつみにそえて毎日よこした。

私以外の二人のお菜代は削られて、その搾り粕が二人の食卓にのるようになったのは自然の勢いだった。

「ああ、まずいまずい。まるで雪駄の裏だね」

夫は、それの出る食事をすますと、楊枝を使いながら二階にのぼって来た。しかし、それは、少しも不愉快そうではなく、むしろ、私のためにその不味《まず》さをたのしんでいるような響きでさえあった。

しかし、私はそんな言葉さえ全然耳に入れていなかった。私は毎日天井を眺め、窓の外の青空を眺めて、この頃つづくその青空をさえ言うに言えない気持で嫌悪していた。

「空なんて人間の逃れられない笠ね――全く選択を許されない笠だわ」

私はまたそれと脈絡もなく、

「夢みることのできない人間は、生きる資格がないっていい言葉だけれど、そう言ったトルラー自身が自殺したっていうことは、なかなか考えさせられることだわ」

夫は、私の機嫌のよいのを見ると外出を思い立った。

「きょうはよして。何だか脈が結滞しているようだわ」

なるたけ外出させまいとする私の気持に押されて、結局夫は机の前に坐る外なかった。一日中外に出なくとも、一時間に一度位、「窓をしめて」「あけて」「汗を拭いて」「布団が重い」と機関銃弾のように注文が連発されるので、夫は運動不足にさえなっていないのだった。

「旦那さん、私何だか腎臓が悪いらしいんですの」

おとめさんがふと言いはじめたのはこの頃であった。

「顔がむくみますか」

「むくむのは大したことはないんですけれど何だか動悸がしてだるいんですの」

「それじゃなるたけ体をらくにして牛乳をもう一本ふやしなさいよ」

しかしこれは今いう栄養失調なのであった。

おとめさんは、夕食を早くして親類へ相談に行った。看病人が夕方の用事を早くしてよく外出する感じには、幾度も人を入替えている私達の経験に訴えてある思い当る感があった。

「おとめさんは家政婦をやめるために結婚の口をさがしているのね」

こういうことにはしるカンは、健康人の千倍の私であった。

おとめさんは子供のときの過失で、夕顔の種のような白い前歯を二本顔面と直角にとび出させていた。彼女は生涯独身ときめて派出婦となった。派出さきの赤児が手をのばして驚異の目でその歯にさわってくる悲哀は、四十歳のこの日まで結婚というものを、全く他人の軌道としていささかの礫《つぶて》を投げつける思いでさえ見て来させた。しかし派出をやめて私の家に住み込んでいささか貯金ができた。その金で歯を直そうという気持は、直したその歯で結婚しようかという気持とは同じ傾斜の途中にあった。ここまでは一転りで転って行ける。

全く、私の想像したとおりであった。彼女は明石をきて見合いをした。一度目はこちらから断った。そうして、また二度目の見合いをすることになったのであった。

夕方おそくゴロゴロゴロと表戸のあく音がしておとめさんはかえって来た。その翌日先方から使が来て階下でいささかの内証話があって、話ははまり込みたがっている所へはまった。

おとめさんが行ってしまうと、すぐに夫の肩にかかってくる日常のこまごました仕事があった。夫はそのことに色々と思慮をめぐらしていたが、私は「割鍋にとじぶたって誰が考えた言葉なんでしょうね」そんなことを言っていた。

おとめさんが向うへ乗り込む日は大安で、私の家と棟割になっているブリキ屋にも嫁が来るという話だった。その家で朝から二階へのぼったり降りたりする足音のために、私の室は絶えずぐらぐらゆれていた。しかし、きょうはあの鈍間な、金属の切られる悲鳴がきこえないことで、室のゆれることも充分に償うのだった。

「大安か――大安は結婚する日なのか」

夫は窓に腰かけて二階建の長屋のつづいた路地を細い鬱血した目で見はるかした。それは目に見えるものを見るよりも、はるかうしろへのこして来た記憶を見る目つきだった。「大安」と言っただけで夫の胸には自分の思いで八潮の色に染めた留置場の切ない思いが甦ってくる筈であった。

花崗岩づくりの二階建の留置場の看守のうしろあたりの柱にぶら下ったカレンダー。先負先勝三りんぼ……

「大安が結婚の日だとは知らなかったね……」

夫は頻りにそう言った。おとめさんは行ってしまった。行きちがいに自動車が来て、となり家は急に賑かになり一としきりまたこの二階建はゆれるのであった。

その夕暮、夫は傾いた青蚊帳の吊手をもって鴨居の釘を仰ぎながら四すみを回った。蚊の唸りが悲しい歌のようにきこえていた。

「また、貴方に蚊帳を吊って貰うのね」

そういう私の目には、体全体から沁み出して来たような弾力のない涙があった。

そのとき、仰向いた天井板の隙間にパッと隣の二階の記念撮影のフラッシュの光が見えた。一戸の倖宿を二軒に仕切ってあっても、はった天井の裏には仕切りがないのだった。

「歯の結婚――」

その刺激が私にそんなことをつぶやかせるのだった。

夫は私を眠らせる手続として階下から便器をとって来た。そのブリキ製の靴型の器物を私の腰の下にあてがって用事のすむのを待ってから柔かい紙で浄めて持ち去るのは、もう何百遍となく夫にして貰った動作であった。私は赤児のように体半分を夫の前にさらして、無心にそれをして貰って来たのであった。

しかし、今晩は――ふと、私は夫が頭に蚊帳をのせてもぐもぐと蚊帳に這い込もうとしている動作を見たときから、ふっと何かの警戒を感ぜずには居られなかった。

私は、夫が一日でも半日でも私を離れて見えない大都会の壁の彼方にいることをどの位か嫌い悲しんで激しい磁石の様に身のそばへ引きつけて置こうとしていながら夫の顔や体がある距離以上近よって来るだけでさえ息苦しがって玉の汗を出した。接吻は海女が潜水している間のような苦しい時間なのであった。まして、夫が「一寸抱いてやろうか」と冗談を言うだけにさえ身も世もない激しさで拒絶して来た。こういう冗談は案外冗談でないことを知っているさばさばした中年女で私はあったから。

「お便器は自分でつけるわ。貸して!」

と私は咄嗟の鋭さで言ったがもう間に合わなかった。冷たい便器は臀《しり》の下にあてがわれた。向うの室についた電気スタンドからの淡い光が蚊帳をとおして私の両股のあたりのたるんだ皮膚に微かな白さが見えた。

用事が終っても夫は、便器を外そうともせずその白さの傾いた暗い谷のあたりを異常な目つきで凝視しているのであった。それはもう今までにも幾度か経験したことのある苦い沈黙であった。

何とか優しい慰めを言って、夫の背を静かに撫でてでもやるべき悲しい一と時であるに違いなかった。

にもかかわらず、私は、衰えた私の芯に尚残っている雑草のような雑ぱくさで叫んでいた。

「お尻が痛いわ。早くとって頂戴よ」

その言葉と一緒に、ある瞬間は壁のように崩れた。夫は血の激流が尚はしりやめない手つきで片手にガワガワとゆれる便器の取手をもって慎重に蚊帳を出て行った。

その悄然とした姿に尚追いかけて私はいうのだった。

「今晩は今までどおり貴方は別に蚊帳を吊ってね。お願いだから――」

夫は便器の取手をもったまま蚊帳の彼方のぼやけた線で私の方に向いた。

「俺は神様じゃないんだぞ。一体お前の考えでは俺はどうすればよいと思うか言って呉れえ」

「……什方がないわ。生きたいもの」

と言って私は泣いていた。

こういう苦さに出発したけれども、私にとって二人きりの生活はやっぱりたのしかった。病気は私という菜から古い葉っぱを皆もぎとって、青い新鮮な葉っぱと替えたような心地だった。私の古い疲れた血潮は消耗されつくして、否応なしに新しい若い血と入れ替りつつあるのだった。

夫は例の肉の搾り粕を一人でたべて、やっぱり「まずいまずい」と言いながら二階にのぼってくるのだった。

が、昼間便器や粥にとられる仕事の時間は夜更けに補うことになるので、夜更かしはだんだんひどくなって行くばかりだった。

「ねえ、灯暗くしてよ」

を相変らず私は繰返していたが、それは、何とか体に悪い夜更けの仕事を妨害する一策とも変っているのだった。

ある晩、夫は辞書に虫目鏡を当てていた顔を上げて、

「おい一寸、今電灯は何か変っているかい」と訊いた。

「何も変っていないわ」

「変だな。光の芯にだけ光が見えないんだよ」

「おかしいわね——」

とその晩は言っただけだったが、翌日になると買物からかえって来て、

「俺は変だぞ。時々物が見えなくなるんだ。大変なことだ。飯の食い上げだ」

「だって、見た所は何でもないわ。どうしたんでしょう」

と早や私は泣いていた。

夫は医者に行った。血液などの検査が幾度かあってから、何とかいう近代的な眼疾名が言われた。原因はわからないというけれど恐らく眼のことだから栄養と関係はあるに違いなかった。

「仕事をすれば盲になってしまうと言うんだ。弱った」

とはいうものの夫はやはり、一枚いくらの仕事をやめるわけには行かなかった。

何度目かの寒い冬がまたやって来て、夫は寒い窓で手を吹きながら辞書の頁を繰っていた。

「そのうちに、何かいい事があるだろうよ」

と、いうのが、この頃二人の漠然と言い合う慰めだったが、夫は、その頃裁判がすすんで、色々な書類が書留で郵送されて来ることが多かった。その郵便屋の声をききつけて、右隣の子沢山の家で、

「あの家にはよくお金を送ってくるのに家にはどこからも来ない。お前の里なぞ何の力にもならないね」

と亭主が厭味を言って夫婦喧嘩になるという話をきくと、二人は、顔を見合わせて笑った。

他人の不幸がこちらの幸福ではないにしても、貧乏にも連れがあるということは慰まることな

のだった。

「とても目が見えなくなった。仕事は一時中止するほかない――」

とある晩、夫は言いながらガラとペンを置いて絶望的に床へ入った。そして、赤児を扱うように私のふとんを直しながら、

「俺の目はこんなになったが、お前は生かしてやるぞ。生きたいか。この生きたがり屋！」

「うんうん」

と私はうなずいて、やっぱりもう涙を出していた。


〔1947（昭和22）年11月「日本小説」初出〕

うた日記

毎日毎日の天気が一綴りとなって一つの季節となり、その季節もまた一綴りずつ春から夏、夏から秋と過ぎて行った。

秋になったら、と医者も言い、夫も言い、見舞人も言ったその秋が空にも木の梢にもやって来た。

日毎に空の雲はとめどもなく乱れて、はてしない口論をしかけるように風は木々の梢をゆすぶった。窓硝子はがたがたと鳴り、時には、大粒の雨が硝子の肌に菊石のようにとび散って、電線の横縞はぶるんぶるんと大揺れにゆれた。毎日の天気と膝づめ談判の心地で生きて来た私は「とうとう秋になった」と思うだけで、気持ががらがらと崩れようとするのを、とどめることができなかった。暑いから出る汗だと思っていたのに、汗はやまず、木の芽のような赤い汗もが肌いちめんに吹き出して、その上を塩気のある汗がしみながら流れた。

霜月の牡蠣《かき》たべ汗はとどめなむ涙やみなし何をたべむや

ある秋晴れの日は私の誕生日で、私は朝目をさますとから、夫にそれを言った。夫は、食事がすむと出て行って菊の花を買って来て私の枕元にかざり、また魔法罎をさげて遠くまで私のためにお汁粉を買いに行った。その足音が二階の階段をおりて行くのに耳を澄ます私の目にはやっぱり何かの涙が湧いた。

思えば、その三十何歳は、私をうんだ母の年にあたっていた。

我が母が我を生まし齢は来つ授け給ひし苦を苦しまむ

夫は人形のように私を片手にかかえて、着物をきせてくれた。あとでさわってみると、たいてい左前に着せてあった。髪も結ってくれた。

櫛を使いなれないその痛さ。私は「痛い痛い」と言って枕の上で子供のようにないていたが、涙は痛いためばかりではなかった。

御飯も匙で口に入れてくれた。よく私がたべ残す粥の残りはその場でその匙でたべて、皿に残る醤油なども「えい、めんどうくさい」と言いながらその場で吸ってしまった。

百千人率《ゐ》行かば行かん漢背《をのこせ》が便器洗ふは悲しからずや

ある日、姉と夫が私の肩と足とをかかえて他の布団にうつし、今まで敷いていた布団と藁布団をのけてみると、畳が私の体の形にくさってぼろぼろとれて来た。

いたつきの我身に叶ふわざ一つ畳くさらし塵となすこと

その畳は新しく寝替えた私の場所から少しはなれた所に、トコの藁をむき出して、掃除のたびに、きれぎれな藺《い》の茎を夥しく編目から散らした。
夜になると、その畳に月が射して、灯火をきらって暗がりに寝ている私には、熊の毛皮が敷いてあるとしか見えなかった。
私がそれを言うと、夫は、私の意識の異状でも気づかうのか、不安そうに私の目をのぞき込んだ。それからの私は、私の下の畳が私の熱のために絶えず変質しているのだという意識からはなれることができなかった。

敗るべくば畳とともに朽ち散らん熱よこぞりて繁《しじ》に身を蒸せ
我が下の畳は今も朽ちてゐんすべもなきなり宵に鶏鳴く

食物は乏しい頃となって、米は配給となり、野菜を買う行列が私のねている二階の下まで、八百やから一丁も蜿蜒《えんえん》とつづくようになった。

葱買ひに行く我が夫よ拇指の足袋の破れに墨塗りて行け

実際ねている苦しみの一つは、夫の着物の世話をしてくれる人のないことだった。それを気にする夫なら、まだ何とか慰まるものを、私と結婚した正月の寒中に、単衣をきていたほど着る物に神経のない夫は、中年になっても裏返しに着た寝巻のままで表に出て行くようなことがあった。

物食《は》めば膝にこぼすな煙草のめば膝を焼かすな妻は臥やるに
我が夫は神にあらねば折ふしは女遊びさすや汚れ衣きて
いとせめてスフの下帯かへて行け遊里は衣のもの言ふ所

しかし、こうまで衰えてしまった私の中にも尚女の意識はらんらんと燃えていた。そうして、時には夫を男性一般の中に帰して、と見こう見しようとするのを自分ながらとどめることができないのだった。

暁に目覚めてきけばかの鶏も男なべての性《さが》をもつらし

じっさい、私は鶏の声にさえ「男性」を感じるほど、弱った神経は繊細となり肉体に訴えてくる男性というものを嫌っていた。

口つけの痺る口もて我が背子にうがひすすめつ我のうがひを

私は、どんなにか自分の病気をうつすのを恐れていたのだ。

何も思うな何も思うな、と私は毎日自分に言いきかせた。明日の日を思い煩うこと勿《なか》れ、今日のことは今日にて足れりという言葉を与えてくれたキリストに感謝した。しかし人間である以上何か思わないわけには行かなかった。病気になってから、私の想念は私の体とは別々に歩むようになって、いつでも、その場にふさわしくないことを思っていた。私の危篤で友人のF子さんや親類の人達が集って私の脈をみていたとき、私は自分の芸術の前途を一所懸命で考えて泣いていた。

湯をひさぐ湯屋の壁画を芸術とし我の思はば何苦しまむ

重態のころにできた歌である。私の苦しみは芸術の苦しみに変ったり、また病気の苦しみに変ったりした。これに境界はないのだった。

私は遠くはなれている人のことを思い、死んで別れて行った人々のことを思った。多才で教養高き岡本かの子さんの死は、痛恨の思いで胸が痛んだ。才多き人が死んで自分のような貧困なる才能が生き残ったという夫の皮肉は、限りない悲哀を私の胸に生んだ。しかし、決して岡本さんの代りに死んであげればよかったとも思わなかった。

ふしぎな縁のめぐりあわせから、この世で出会ってふと夫とよび妻とよび合ってじきに行違って別れて行った人が、日本アルプス山中の雪の浄いふすまの中で凍死したという人づての話は、健康で忙しかった頃にはしみじみと思い味わってみる暇がなかった。すべての思想は消えて私はその雪よりも清浄な胸の中で、その事を改めて考え、彼にささげる浄い涙をはじめて流した。もし生あらば、彼と一緒に歩んだ銚子の灯台の下の、海鳥が灯にぶつかって死んで流れよっていた九十九里浜の海岸を、夫と一緒に今一度歩んで弔ってやりたいとも考えた。ああ、生あらば！

半年も一緒の留置場にいたプロレタリヤ川柳の鶴彬《つるあきら》は私が病気になって出たあとで赤痢になった。彼には弟があったが、兄の不幸はその思想に価する刑罰だと言って寄りつかなかった。彼は伝染病院に入院した。しかし看病人を傭うべき金がなく非常に煩悶した。そして気が狂って死んでしまった。彼の弟はしぶしぶと彼の骨壺だけを受けとりに来たという。


ああ鶴はいづくの借家の押入の壺の中にてがらからと鳴るや

誰もそばにいてくれないときには、一人で天井の木目を見つめたり、目に見えない空気を眺めた。空気の中には、無数の綿埃が浮游していて、それは一時間でも二時間でも見て見飽かない踊りを踊っていた。

おのがじし踊る埃のそが中の赤き埃は女埃ならむ

字といえばハガキ一枚をさえよむ気力のない私にも、推理や想像の力はあった。病院にいたときドイツ贔負《びいき》の医者が、ドイツは間もなく英本土上陸をするだろうと言ったのを覚えていて、来客にもうロンドンは占領されたかとふときいて、呆れられたこともあった。

何も思うことのないときには、以前によんだ小説の内容を反芻して色々なことを思った。

煙煙、煙といひてかの国の男泣きしを吾も泣かなむ

私のねている窓の下には、木肌に無慙なナイフの落書なぞのある梧桐《あおぎり》が立っていて、春、若葉がこうもり傘のようにたたんでいた若芽から拡がるときから、夏、幾枚と数えられるほど大きな葉をひろげて自分の梢を暗くし、秋、その大きな葉が一と夜の霜でやけて乾いてしまうまでをいや応なしに丹念に見て来た。今、その葉は完全に枯れてちぢみ、葉柄《ようへい》のつけ根の関節みたいな所からとれて一と葉ずつとび散った。それは侘びしい凋落の風景だったが、大した風も

ないのにはらりと枝をはなれるその動作には、天地の理法にしたがった自然さもあった。

梧桐の枯葉いくつを地に返す時は来れり冬ぞま近く

私が詠嘆したその心の中には、いささか世の風潮を諷そうとする大それた心もかくされてあった。カイゼルのものはカイゼルにかえせ。多くのインテリゲンツィアが重くるしい時世の圧力に堪えかねて故郷の階級の安易な立場にかえって行く姿は、結局自然なものとして私の目には見えた。行くものをして行かしめよ。私はまたそう観る見方の中に、それを見ている自分の心の安定を見出そうと努力もしたのだった。

十二月から関東地方に訪れてくる冬型の快晴は青磁色の高い空から黄色で柔和な陽の光を私の窓にも毎日恵んだ。もし這って行って手がのばせるならば、その光を手に受けて呑みほしたいほどにも私は満足して、畳へ菱形にのぞき込んでくる陽のベルトを見ていた。しかし、こんな天気も幾日かつづいてみると、やっぱり息苦しくて、いっそ思い切って凄じい吹雪にでもがらりと変ったら体も心もらくになりはしないかと思うような疲れを覚えた。

凧よ凧よかの蒼空に窓いくつありなば息は愉しからむを

私は、空にとんでいる凧を、空から外を覗く窓と考えて見直したとき、ほんとうにどうかして雲にのってなりとそこまで行って、この宇宙の外に出たい切なる欲望で、しばしば布団をかぶって真剣に考えた。

「ああ息苦しい」と私はしばしば言ったが、それは体が息苦しいのか、この鬱陶《うっとう》しい時世が息苦しいのか、自分ながら見さかいがつかないのだった。

貧しい長患いの家に、旧友里村欣三《きんぞう》から二女誕生の知らせがあったのはその頃だった。何も祝いの品もないままに、誰かが道で拾って来た真新しい桃色の帽子に一首の歌をハガキに記して贈った。

藻をはめど鮎は香ぐはし痩せ涸るるやまとのをみなよ草はみそだて

しかし、その頃から既に何度かの角度をもってちがう方向へ出発しつつあった彼は、恐らく私のその歌を、下手だという理由からばかりでなく苦笑して破りすてたにちがいなかった。

その証拠にはやがて彼女には、八紘一宇の紘をとって紘子という名がつけられたという噂が、他の友人を通して私達の所へ伝わって来たからだった。

〔1946（昭和21）年6月「婦人文庫」初出〕

野の歌

町子が東京で予定した計画は、思い設けない雑事で妨げられがちだった。

夕陽が西の縁側深く廻って射すようになって、前の年の地震でこわれた家の中の痛ましい荒れようが明るい光の中に目立って来たのも捨ててはおけなかった。これには区から大工と左官が廻って来ることになっていたがいつのことかわからず、配給された釘は一つかみ位のものだった。颪の吹込む壁だけ取敢えず塗るとしても、山沿いに土を買いに行き、牛車をやとって、その土を牛車まで運び出す人を別に差向ける必要があった。

それに、母の頰の腫物も気になった。本人は痛くも痒くもないのでつい忘れているらしいが、過日市につれて行って、三人の外科医に見せた所ではなかなか容易ならぬ病気と判断された。外科医たちは互に他の外科医の名前を言ってそこへ行って相談しろといい、最後の一人は赤十字へ行ってラジウムをかけろと勧めた。

町子は、隣村の姪にたのんで、さらに母を赤十字につれて行って貰った。そこでもやはりあまり手掛けたがらず、病人のきいている所で、ラジウムは大して利かないと言い、それが承知なら来てもとめはしないと言渡した。

母は「お医者に見放された」と萎《しお》れてかえって来たが、町子は「患者が多いと煩いもんだからそんなことをいうのよ」と叱咤して母の繰言の相手にはならなかった。事実、海軍病院となった赤十字には、傷痍《しょうい》軍人が充ち溢れて一般の診療はほんの二三時間だけであった。

これも子供のある姪にばかりはたのめないので、これからは週に二回ずつ自分で赤十字につれて行く覚悟をした。

これらの問題を、いわば順序よく頭の中の棚に整理しておいた上で、山羊を飼うことを考え、兎の数をふやすことを考え、そして、当面の大問題たる桑こぎのことを考えていた。

繭の闇相場はないので、昨年からこの地方では、畑の桑をとって野菜畑に替えることが流行していた。

労力不足と言っても、雪にとざされる冬場には、桑をこぐ人手位は村の中で探すことができた筈だった。しかし、帰る保証もない戦地の息子のかえりをあてにしていた母は、桑を畑に置いたままで麦も蒔かずにべんべんと春を迎えてしまった。そこへ桑の肥料の配給のないことが農業会から発表され、否応なしに桑をこいで了わなければならない順序になった。しかも、母の手紙では人手はどうしても見つからなかった。

町子が母の状勢を思い悩んだあげく一つの決意をもって東京から戻って行ったのは四月のはじめであった。

林檎畑の褐色の枝のさきざきにほんの微かな赤い芽の色の出ているのが遠くからのぞまれて、湧き湯の温い井戸から白い羽のようなやさしい息が立昇っている早春の朝であった。町子は白い土蔵を所々に挟んだ一団《ひとかたま》りの部落に一と足一と足近づいて行きながら、自分を生みはぐくみ育ててくれた村とそれを取巻く黒い豊沃な耕地を一と目の中にじっと見詰めた。切ない武骨な愛情が滝のように胸の中を流れ下るのを覚えながら。

母と自分との絆が切っても切り離せないものであったと同じに、この土地と自分との間の絆も遂に切って切り離せないものであったことを今ほどしみじみと感じたことはなかった。高圧線が山脈の中腹を走りつつ遠く関東までとどいているように、東京に住んだ町子の背後にも、故郷からの見えない絆が蜿蜒とのびて来て居り、今、その生み親の大地が綱を手繰って町子を手繰り寄せるのである。

利巧な子供が親の心をさとる如くに町子は早くもその肥えた土地が何に悩んでいるかを心で感じとった。地味がこれ程黒く熟れて自分の豊かさを与えたがっているのに、それを残りなく吸い上げてたわわな実りにするためには、何よりも人手が不足しているのだ。それを証明するかの如く、道端に過ぎる林檎の枝は、剪定《せんてい》がおくれてぼうぼうとのびたままになって居り、田打前田圃《たんぼ》に敷く藁は、四月というのに所々の田にしか敷いてなかった。我が家の畑はことに見てとおるに忍びなかった。

籾殻を堆高くかぶせて太く柔い地中の独活《うど》の芽をいたわってやる霜よけは五寸ほどの厚みにしかかけてなかった。そして、何の能もない山葵《わさび》大根の株の間にまでひろがって枯れていた。町子は、長い凍結からやっと解き放されたばかりのボロボロな畑の土を踏んで入って行って、思わず籾殻の中に手を突込んでみた。小さい瘦せた芽が、固い株のさきにちぢこまってついているのが薄い衣の下でふるえている貧乏人の子のように可憐に思えた。それでも、とに角凍えてしまわずに、雛の子のような小さい芽を用意してくれていることを、町子は、義理がたいものに対するような感謝で感謝した。少しの手をさしのべてやりさえすれば、田畑はその手に縋りついてくる善意にみたされているのだ。

町子は、村人の採算一点張りとはちがった意味で、この桑をこいだあとへは、馬鈴薯を植えることを東京から考えて来た。馬鈴薯は早く収穫できるので、冬まではもう一と作何かつくることができた。それにしても、町子が子供のとき以来政府の政策の変るたびに、幾度この桑が植えたり引っこがれたりしたかを思うと、街を走る電車の運転のしかた一つによって乗客たちがよろめいたり将棋倒しに倒れたりする姿を、農民の姿として考えずには居られなかった。

しかし、今、自分はいささか意識した生活態度をもつものとして、できるだけ政府の政策にも煩わされず、採算一点張りにも陥らずに耕す者の純粋な気持を作物の上に現したいと考えた。その純粋さが採算の上で敗北しないためには、人よりもより多くの労働を投げ込むほかないとも考えた。兎や山羊を田畑仕事の外に飼おうと考えたのは、そのためであった。

町子は、色々な夢や自負を抱いて、軒の傷んだ我が家についた。

出迎えた母の頬の腫れは町子の胸を衝いたが、さあらぬ態でその日から、モンペをはいて庭に出た。まずふるえる白兎をかかえて近くの雄兎のある家に交尾させに行き、前の畑の日かげとなる楊《やなぎ》の木を鋸で伐り倒した。その足で、よく知りもしない隣村まで桑こぎの人を探しに行った。

母は浮かない顔で町子のすることを受入れていたが、父祖以来ガラクタの置場になっている広い空地を耕すために片づけることを相談すると恐しい勢で反対した。そしてこういうことが、毎度起った。同じ遺伝につながっている母と町子とは、両方ともに譲らない根気をもって言《い》い諍《あらそ》った。ただ、現状の変更を何となく煩わしく思うだけの母の気持の根拠は、多く町子に言い崩された。しかし、町子からいえば、言負かされたために母がたのしまぬ気持で町子のすることにしたがっているのでは、心済まぬものがあった。

これが、町子の気持に起った最初の陰影だった。

地震でこわれた家を直すために、あちこちへ人だのみをして歩いたり、母を病院へつれて通わなければならない外出に追われて、畑に出る時間を割かれることが、第二の陰影といえば陰影と言えた。そして、桑をこぐ人手がどうしても見つからぬことは、第三の陰影だった。しかし町子は、もとよりそんな事は大した事には思わなかった。少し工夫すれば、何とか途はあるに違いなかった。

交尾から出産までの期間が一日も狂わず正確なことで面白がられている家兎は、しばらくすると予定どおりに腹を膨らまして、狭い巣の中を、尚更狭そうにしてかがんでいた。そのルビーのような赤い目の無表情を、町子は、今まで強いて言えば嫌だったが、自分の差出す餌に命を托しているものとして、巣の前に立って眺めると、やはり一つの情愛が湧いた。彼女は町子の足音がすると、金網に前足をかけてどっちを見ているのかわからない目で町子を見た。

「お前は、青い草がほしいんだろう」

と町子は言って、キャベツの芯の囓りかけや、腐りかけた大根などを取出して外へ捨てた。

こういう貯蔵野菜ばかりではビタミンに不足しはしないかと町子は心配してしばしば湧き湯の湯尻の流れる畔に草を探しに行った。野はまだ冬眠からさめたばかりで、草は雀の子の羽のようにチョボチョボと裸の黒土の所々に生えているだけだった。町子はその中から芹を摘んで来た。それが何より兎の好物だったから。

「お前は兎の事ばかり気にしている」

と母は笑った。おかしいことに、町子は兎は自分にだけ愛憐の情を示すものと思っていたが、母が巣の前を通ってもやはり金網に前足をかけていた。町子はそれをみて己惚れが冷めるのを味わった。しかしやっぱり愛した。

どうせ草をとりに行くのだから、飼いついでにと思っていたので、隣村のある家の山羊の腹の大きいのを見た時、町子はすぐに仔を買う申込みを母にたのんだ。母は、また大反対だったが、母には迷惑をかけないから、と説いて、やっと納得させた。今すぐというわけではないにしろ、これでまた山羊小屋を拵えるという宿題がふえた。

こういう事を運ぶ間にも、どうかして、桑をこぐ人手を見つけようと、畑に出ている村人に唐突に話しかけたりしてみたが、もう相当な手おくれとなっていることを否応なしに自覚しないわけには行かなかった。

ある日、ひょっくり近所の人が、きょうだけ手があいたからこげるだけこいで上げようと言って朝早く来てくれた。町子は、跳び上らんばかりに喜び、リヤカーをひいて区長の家に共同桑こぎ機械をとりに行ったが、ちょうどどこかの家で使用中とのことで、がっかりしてかえって来た。村に二台しかない桑こぎ機械は、多忙の真最中で、よほど運がよくないと空いていないということがわかり、人だのみの条件が尚更にむずかしいことになった。

いっそ自分でこぐことにしようかと町子は遂に考えるようになった。ある日、家の近くに桑こぎ機械の音がしていたので、町子は畑に入って行って、一寸借りていじってみた。四方に根を張る太い株を大きな鋏で挟んで、その鋏についたチェーンを滑車のような原理で捲き上げる仕組みになっている。この機械は、男二人がかかって操るにちょうどふさわしいもので、とても女手一人で扱えるものではないことがはっきりわかった。

母は、仕方がないから、桑はそのまま置いて、枝が伸びたら切り切りして、間にだけ何か植えることにしようと言い出した。

実際、もうそろそろ馬鈴薯を植える時は来はじめていた。しかし、採りもしない桑を残したままで野菜を植えるような愚なことは、とうてい町子には忍べなかった。

気候はやがて五月となり、桜や梅と一緒に、林檎の美しい花もひらいた。町子は、もう馬鈴薯を植える時は完全に過ぎてしまったことを思ったが、諦めはついた。兎に餌を呉れるために町子が地窟のふたをすっかりあけてみると、とうていあの広さの畑に植えるだけの種薯《たねいも》のないことがわかったのでもしも畑の方が間に合っていたとしたら、種薯のないことでどんなに悲しい思をしたか知れない所だった。

大豆にしよう、と町子は改めて思った。ほかの野菜をつくれば、恐らく大豆以上の金は上るかも知れない。しかし、ずい分人にはすすめられたけれども主食が不足で世の中が困惑していることを思えば、自分が作るべきものはどうしても大豆だという考から離れることはできなかった。それには母が口の中の腫れで柔い豆腐をつねにほしがっていることもよい口実だったし、豆ならば遠い畑へ肥桶をかついで行く必要がないことも女手では都合よいことに思えた。

ちょうど、近くの町の農学校の勤労奉仕隊がこの村へめぐって来る順番になった噂を、町子は田打ちに行ってきいた。早速農業会の役員の家に行って、その勤労隊の雇入れをたのみ、かえりに区長の家に桑こぎ機械の借入れを早々と申込んだ。

手筈がととのった喜びで、町子は兎の巣の掃除をしたり、温床の硝子のこわれた場所に、セロファンを貼ったり、中の胡瓜《きゅうり》苗の植え替えをしたりした。長い春の太陽は、それらの仕事が終ってもまだなつめの木の芽吹きかけた梢にかかっていた。

町子は顔をしかめて、母と諍ったガラクタ置場の空地を眺めた。父祖以来の空地に野菜を植えるのを世知辛いと考える母と少々妥協してそこに、山羊小屋を作ろうと思っていたからだった。

早速つるはしを出して石ころを掘り出し、大丸太をさし込みにかかった。これは、町子一人でできる仕事ではなかった。しかし町子は、できないと相場の定ったことをやってみることに不思議な情熱を感じるのだった。祖先伝来の掛矢をもち出して丸太を打ち込み額から豆の様な汗を落しながら柱と柱とをつないだ上に葭簀《よしず》をかけ、その上に葉で屋根を葺いた時には、あたりはすっかり暗くなって、苗代田の水が鉛の様に光った。

やっとでき上った小屋は、片手で押してもぐらぐら動くような不完全なものではあった。しかし、自分でつくったと思えばいささかの満足もあった。町子は山羊の代りに、自分が一寸入ってみて、藁だらけになって出て来た。急に山羊の代りに自分が住んでもよいような変な孤独な気持になりながら。

母を病院につれて行く度にとおると、町子が譲り受ける約束の仔山羊はもう生れてさかんに啼いていた。みかん箱に四本の足をつけた様な格好で暗い梨棚の下を白くちらちら走りまわっているのも見えた。雄ならば、生れてすぐ河へ流す習慣だったから、雌にちがいなかった。飼主は、あまり乳を呑まれたくないのだから、遠からず引取ってくれと言って来るものと町子は予期していた。しかし、曲りなりにも小屋はでき上ったのだから、いつ引取っても差支えないわけだった。

いささかの満足の中で、町子は翌朝も早く目ざめた。地震でこわれた壁の隙間からあかね色の光が射し込んで、東の朝空が、頬のような色に晴れていることが想像できた。裏のアララギの梢では、椋鳥《むくどり》の群らしい激しい羽ばたきがきこえ、野では早トラクターが唸っていた。きょうは、莢《さや》えんどうに支えの手をくれて、苗代田を共同にしてくれている家に、消毒の手伝いに行く予定があった。

町子は、爽かな五月の空気を吸って上機嫌に庭へ出て行った。きのうから兎の様子が何となく沈んでいるのは、明日が出産の予定だからだと母からきいていたので、それもたのしい期待の一つだった。

町子は、きのう拵えた山羊小屋を見廻って、思わず噴き出した。屋根の傾斜の下の方から先に葺くべき藁屋根が上の方から葺いてあった。これでは上から流れ落ちる雨水がすんなり流れて行かずに、藁を伝って小屋の中へ落ちることになるかも知れない。しかし、もう拵え直す気にはならず、兎の箱の前に来た。

兎は、巣の真中にかがんで、ゆうべ投げ込んだ芹が、ほとんど食べないままで散っていた。町子を見ても、起上らないのが物足らなかったが「よしよし。お前はお産をするんだから」と声をかけて戻って来て、美味い味噌汁の食事をたんまり食べた。

そこへ、仔山羊の家の子供が使に来て、色々話しているうちに、仔山羊は雄だったのを捨て兼ねて育ててしまったのだということがわかった。

町子はすっかり落胆した。しかし、あの親山羊の足にまつわりついて独楽《こま》の様にころころしている仔は、気持の上で既に町子の仔になってしまっていた。それに、雌山羊は、探してもなかなかないということが、子供との話からわかった。

「雄でも飼うからと母ちゃんに言ってね、いずれ貰いにうかがうけれども」町子は言った。

「ばかな。人に笑われるわい」とそばから母は言った。しかし、肉はどうだろうかというと、母は少し臭いけれども、たべられるというので、自然に町子のきめたとおりになった。山羊は乳ばかりでなく、肉をとるために飼うことも、満更意味のないことではないと町子は考えた。

町子が、消毒薬の匂を体中にぷんぷんさせて夕方野良からかえって来ると、兎の巣の前に近所の子供が集って騒いでいた。町子が何の気もなくのぞいてみると、兎は四つ足をのばして、横に転がって死んでいた。真赤だった目が白く褪せていた。

不意の別離を拒んで喚きたいような妄執が、町子の気持を囚えた。

町子は泣きながら家へ入ったきり、再び出て来て兎を見る気にはならなかった。そして、夜ねてからうめき「うさや、うさや」と声をあげて呼んでみたりした。

翌朝、顔を洗いに通るとき、町子は、その箱の方へ首を向けるのが恐しくてできなかった。しかしもう夜の間に諦めはついていた。よい加減にしなくては、という常識が自分自身をたしなめた。

町子は、兎の記憶を忘れるために、仔山羊をつれに行った。山羊の家では、五円出した町子に三円釣銭をよこして、殺したときに皮だけ貰いたいと言った。町子は承知して、未練らしい話題だと思いながら、兎が出産前の日に死んでしまったことを言わずにはいられなかった。山羊の家のおかみさんはそれは惜しかったと同情して、芹をたべさせなかったかときいた。町子ははいっとして食べさせたと答えたが、自分でもわかる程悄気《しよげ》てしまった。結局兎の死は、町子自身の過失だったことがはっきりわかった。町子は、自分の不用意から親子もろともでは、相当な兎を失ったわけだった。

町子は、兎に懲《こ》りて、山羊の飼い方は謬《よ》くきき、乳を充分に呑ませて貰って荷物の綱で結わえて、牽《ひ》き出した。しかしなれない人にひかれた仔は、綱を引っぱって、親の小屋の方へ行きたがりメエメエと激しく啼いた。親も、それに応じて高い声で鼻を鳴らして、小屋から首を出し別離の切ない情合いが二匹の間を激しく交流した。町子は、綱を握って立ち往生をしながら、思いもうけぬ残酷な立場に立ったことに当惑してしまった。結局山羊はかかえてかえり、表の小川のふちにつないだ。裏の畑で唐もろこしを蒔いている町子の耳に、終日、仔山羊の激しい啼き声がひびいた、町子は憂鬱で口も利きたくなかった。

翌日になっても山羊は草も糠もたべず、ただ綱を引っぱってもとの家にかえりたがった。町子は、悲しい顔をして、綱を引き、行きにくい思いで、親山羊の乳を貰いにつれて行く外なかった。翌々日も、その翌日も。

町子は、近所をはばかって、夜もいくどか起きて、啼く山羊を抱いてだまらせた。町子が行って抱いてやれば啼きやむだけには馴れたものの、一匹でおくと、やっぱり啼きとおした。仕方なしに昼は家のない野の橋のたもとまでつれて行って、子供にいじめられないために橋を渡った所につないだ。しかし、町子が引きかえすと、あとを追って、綱をひっぱり、綱の伸び切った拍子に川に落ちた。町子は風邪をひくかと心配で、抱えてつれてかえって、拭いてやった。色々な心づかいがここにも必要だった。

待ちに待った勤労隊が来た日には、町子は、母と一緒に台所で赤飯や煮〆や公魚《わかさぎ》の煮附をつくって大風呂敷に背負い、山羊の綱をひいて歩きたがらぬのをだましだまし畑に行った。四人の農学生が一人の班長につれられて桑をこいでいる筈だったが、働いている姿は二人きりで、あとの三人は大川の生えはじめた真菰《まこも》の中にかがんで魚をとっているのが遠くから黒いぽつぽつとなって見えた。母は嘆息した。もう十二時になるのに、桑の株はまだ数えるほどしか積んでなかった。

翌日、母は町子にも牽制の意味で一緒に働きに行けと言った。しかし町子は、勤労隊の性質から言って、して貰っただけ感謝すべきだと母に教え、よく働いてもらうには、何処の家でもそうするように御馳走する外ないのだと納得させた。

母は悲痛な気持で、きょうはお萩をつくり、公魚の残りを天麩羅にした。二人はきのうのように、茶碗や箸と一緒に背負ったり提げたりして山羊をつれて行った。きょうは五人とも畑にいたが、リヤカーに腰かけて本を見ていた。町子は、農学生の見ているのが教科書だとわかると、むしろこの少年達に同情しないわけには行かなかった。他の中学生の勤労奉仕は農繁期と限られているのに、農学生だけが通年動員で、面白くもない日常の農耕を、感激もなく繰返しているらしかった。

こうして、桑は大きい畑の半分も残ったまま大豆を播く時季はもう遅すぎる位になった。町子は、毎日山羊をつれて畑に行き、柔い葉がひらきはじめた桑の間に山羊をつないで自分はせっせとこいだ方の畑に抜残った桑の根を切ったり、引っこ抜いたりした。桑の好きな山羊も、柔い芽には味がないので、じきに倦きて啼き出した。

とうとう大豆は畑の半分へウネ蒔きに蒔き終った。残っている桑の間には粟を蒔いた。桑がのびはじめて邪魔になる頃には、むしって山羊に呉れるという手筈にする外なかった。

種を蒔いてから生えるまでの間は、不安で過ぎた。野鼠が種豆を食ってしまうという噂は、近くの田の中に鼠の死骸が二匹も浮いていたことで如実に証明されていた。

暖い五月の雨が降り、庭の畑に同じ日に播いた大豆が豆をそのまま双葉にして、ちょいちょい頭をもたげはじめた日、町子は山羊をつれて早速畑に出かけた。自然の約束に違約はなく可愛い双葉をひらいた豆が見渡すかぎりの畑に行列して生えていた。彼等は生れてはじめてふれた光と空気とのいぶかしさをじっと味わっているかのように、厚い双葉を半びらきにして高く広い大空に向けていた。

雨あがりの澄み切った空を飛行機が一機快さそうにとんで行き、その影がこうもりのように広い田のおもてを這って行った。畑の中に踏み込んでみると、やはり鼠の害は認められたが、用心よく持って来た豆を所々に指で畑に突込んで、穴埋めはできた。畑は、青草のような葉を針のようにすいすいと生やしはじめていたが、これは、種が細い粒であったために厚蒔きに過ぎた。しかし、概して満足で歩きたがらない山羊の機嫌をとりとりかえって来た。

家にかえってみると、先日来、小川に漬けて洗って乾かしておいた兎の巣の中に、小さい仔の黒兎が二匹入っていた。ある家にたのんでおいたのを、るす中にとどけて来たものだった。

町子は喜んだ。

石炭のように艶のある毛なみも、足の裏の肉も、目の色までが全部真黒で、町子が行っても知らん顔で人参の小さな尻尾をいつまでもかかって食べていた。

粗野で乱暴な山羊は、早速その巣の上に跳乗った。町子は叱って、小川の河端につないでおいて、自分は、兎の草をとりに行った。

町子は、人間よりも動物が好きな自分をいつからか自覚していた。それは、どういう理由からかわからなかったが、自分ながら淋しい性質だとつくづく思った。それからの毎日は、天候が定めなくて寒い風がふき、黒い雲の間から、矢のような初夏の陽が射込んで来たかと思うと、銀色の長い雨がバラバラと胡桃《くるみ》の木のかげに落ちた。

山羊は雨気を嫌って、悲しい声をあげ、小屋の屋根にのぼっては、綱をこぐらかして首を括りかかった。母は分らずやの山羊を嫌って時には箒で立向った。

町子は、毎日南瓜《かぼちゃ》の棚結びで、屋根にのぼって母の差出す桑の棒を一本ずつ藁で結って、ここまで伸びて来る蔓のために格子をつくった。

畑の豆が大分鼠に食われているという知らせを受けたのは雨のふる日だった。町子は、胸を突かれた。はじめが巧く行ったので、見にも行かなかったのは明かな手落ちだった。町子は麦わら帽子にはだしで辷《すべ》り辷りすぐに見に行った。はたして、相当に広い部分の豆が、鋏でちょん切られたように根元から切られて、双葉の中から出かかった本葉が、そばに無惨に散らばっていた。心からの憤りで、町子は舌打ちをせずにはいられなかった。

もう一度豆を播くにはもう時季が遅く、他の作物も、精力の旺盛な豆の間では一寸考えさせられた。

町子は、家に引返して、土を掘る道具をもって来て粟の厚播きの所を少しずつ分けて豆のない所に植え込み、それを毎日繰返した。

一つの穴の中で、根をこんぐらかして生えている粟の根を痛めずに株分けをするのは、相当な骨折りだった。それに頭から陽は照りつけ、ときどき警戒警報で敵機がとおったが、体をかくす場所もなかった。町子は僅に白い手拭冠りをとるだけでそれをやり過した。

毎日行ってみる毎に、毎日新しい場所に鼠が出て荒らしていた。ことに桑をこがなかった所では、桑の根元によいかくれ場所ができて、馬鈴薯大の穴の入口には、憎らしい鼠の毛がついていた。この穴の中に、童話に出てくるような別世界がありはしないかというような冗なことも考えながら、町子は、つくって来た毒団子をほうり込んだり、借りて来たねずみとりを仕掛けたりした。しかし、鼠はやはり出て、何の為にか粟まで嚙み切った。

もう株分けする粟も少なくなった。夜ねると、目をつぶった網膜の中に、青いすいすいした粟の若芽が風に吹かれてゆらゆらしている所が浮んだ。これ程までに努める我を天は尚苛《さいな》むかという嘆息も出ずにはいられなかった。

それに、町子は、ここへ豆を植えたために航空燃料にするという農業会の甘藷《かんしょ》の割当を五十坪も拒んでいた。何十貫という芋の供出の代りに大豆と粟は、いよいよ我が家にはなくてならぬものであったし、午蒡《ごぼう》や人参《にんじん》をつくれば金になると忠告した人々に対しても、一種の意地があった。

家のそばなら菜っ葉でも播ける。町子は、最後の手段として、母の呆気にとられている前で裏の畑の粟を皆こいた。それを箱に入れて日掩いをして、肩にかついで田圃道に出ると小屋をのがれた小さな仔豚が駈けて来るのに出逢った。

泣きそうになっていた町子の心は、自然にほどけて、鼻を突出した腕白小僧に立向って行く気になった。町子は、粟の苗を入れた箱を置いてモンペを引上げ、畔道を辷り辷り追い廻した。すばしこい豚は、出会いそうになると引返して逃げた。三十分も追い廻したけれども、一度背中にさわっただけで遠く走り去ってしまった。そのさわった背中の石のような固さが、町子をびっくりさせた。町子は、心から哄笑し、大砲の弾のような後姿を見送って、大分萎えて来た粟の苗の箱を担ぎ上げるのであった。

〔1946（昭和21）年2月「新小説」初出〕

鬼子母神

身幅がだだっ広くて丈が短い子供服というものを、圭子は、いまヨシ子から脱がせながら、はじめてしみじみと見ておかしく思うのだった。けさ、寝巻から換えてやるときには、ついうっかり前とうしろを逆に着せたまま外に出してやって、

「あら、奥さんこの服はうしろにポケットがあるんですか」

と畑で味噌汁の実をつんでいる隣の細君に注意されて「あっはっはっは」と笑うほかなかったが、心では、自分の気持の隙間を隙見されたような心持で、少なからず愧《は》じていた。

急に事情ある子供を貰うことになり、喜んで貰ってつれてはかえったものの、圭子には母として必要な子供の服装の知識も、育て方の見識も、まるで用意がなかった。強いて言えば、愛情の用意さえない白紙だった。ただ小さいものが演じてみせる珍しい仕草や表情などに小さい発見を感じ、火打石で打ち出したほどの小さい火ではあるけれども、そのたびに小さい驚きの火が心に発するのをたのしいことに思っているのだった。

今も、圭子は、ヨシ子の服を裾からめくり上げて首をくぐらせてから、洗面器の手拭をとって顔から拭きはじめるまでの間に無意味な仕草で腕を摑んだり股を撫でたりしてみた。圭子は、そのとき、ヨシ子の股や腕の水々しい肉づきから、仔牛や仔山羊の肉のことを連想していた。その肉の淡い物足らない味を思っていた。幼い時から獣にはよく馴れ親しんで生活にない込んで来た圭子は、人間の子供を判断するには、獣の幼い時へ比較をもって行くのが手早い解説なのだった。

ヨシ子は、圭子に触られる間おしっこも洩れそうなほどの擽《くすぐ》ったさをキャッキャッと叫んだり笑ったりしながら我慢していたが、とうとう叫び声の間に、

「寒い」

と言いはじめた。

「あ、そう、それじゃ、さあさあ、はじめましょう」

と圭子は温い手拭をひろげ、果物のような顔を片手に支えて拭きはじめた。

この艶やかな目、どんな良質の水銀の裏打ちある磨きのよい鏡よりもよく澄んでいるこの目は、まだいくらも人生を映していないということで真新しく、こんなに綺麗なのだと圭子は思った。七月の葡萄の粒のような小さい二つの乳は、これでもこの中に豊穣な稔りを約束する腺や神経が絹糸ほどの細さで眠っているのだと思えば、蕾の時から実の形をつけている胡瓜や南瓜のなり花のように、こましゃくれて見えた。

臍《へそ》はみずみずして母親と交通していた局所が、まだ死にも枯れも乾きもせずに、体とは別な生存を続けていることを示しているようだった。圭子は、乾葡萄のようになってしまった自分の臍を強いて連想させられて、母との間隔の問題を形にして見たような気にもなるのだった。

拭き終って、前とは逆に首から服をきせてもらうと、ヨシ子は、いきいきとした頬に窓の青空の光を受けて居間の方へ片足で跳んで行った。

はじめから気がついた事だが、圭子は自分のヨシ子に対する目があまりに醒めたものである

ことを自覚していた。世の母親が子供に注ぐ目は、牝鶏の目のように近視で母親の本能が吐き出す霧のようなもので、相手の形をぼんやりぼやかして包んでいる所があった。そういう境地を、圭子は半分では笑いながらも、半分では憧れていた。いずれ自分も、食卓のそばへ粗相した子供のうんこを、皆が顔をしかめる中に一人「まあ、消化のよいきれいなうんこだ」と喜ぶような母親になるのだと思い恐ろしいことにも面白いことにも思っていたのだが、そういう模糊とした潮がさして来るには、どうやら視力が強くて正確すぎるらしかった。

愛情とはいったいどんな風にして発生するものだろうか。それの手引としては、あんまり場合がちがいすぎるけれども、夫との間のことを圭子は思い起すより外仕方なかった。

押すかさわるかの、いささかの力でピチッとかかってしまう錠のように、圭子は、夫の良造とは二十年前何の理屈もなく相寄って一個となり、海よりも深い愛情の海に沈んで行った。

かかりやすい錠なら錠であるほどその構造はむずかしいものであるように、二人の結合も客観的に見たらそれは色々な原因と機会との組合わされたものであったろうけれども、押す力と惹く力とのやみがたい微妙さは、当事者たちにはただ一閃の稲妻を見た思いでしかなかった。そうして、気がついたときには、深い深い海の中にあったのだった。

圭子は、ヨシ子の絹糸のようなお河童をときどき撫でながら、その稲妻がこの二人の間には閃かないことを必ずしも気にする必要はないと自分に言いきかせた。すべての事物が生成する形には、なだらかな丘陵型と鋭い噴水型とがあることを人事森羅万象で、圭子は経験していた。

この二人の愛情は丘陵型の道を行くのだろうと圭子は思い、それが、夫への愛情と、ヨシ子への愛情との色や形の違いだとも思った。そしてそれでよいのだとも思った。実際正直に言って若い間圭子は、夢が掲げる虹の道案内に任せて、やむにやまれぬ力で人生の道なき野を踰《こ》え山を踰え、女の生き得る限りの幅を生きて来た。あるときには、愛する人を獄中に置き、自らは浮浪者収容所に病む身を置いて固い枕に熱い涙を流したこともあった。またあるときは、無明と絶望とを世に行われる虚無主義に仮託して、すべてを抛《なげう》つ所にすべてを得ようという奇術師のような発心から、手に配られて来る男をカルタのように扱うことを思想上の見栄と考え、男も逡巡する大銀行の扉を押して、貰ういわれのない金を請いに行くことにソフィア・ペロースカヤ※のような生甲斐を感じたこともあった。

「万人が経験することを一人で経験したい」と言ったという泰西の大天才の憧れは、東洋の凡女によって、こわいもの知らずに実践されかかったのだった。しかし、今、圭子も四十歳の峠にさしかかって、内にこんこんと湧く女心の泉が涸れかかった訳ではないけれども「女の幅は生きた。この上は幅を求めた力で深さを掘り下げたい」という切なる声をきいていた。そういう転換の真空の中へヨシ子が授けられた。若い時、何かの他意を含めて子沢山の人から一人貰ったらという、勧めをした人があった、その人に向って、

「さあ、こんなに家が狭くっちゃ……どこで飼うかな。庭で飼うことにするかな」

と答えてやったような向うっ気もてらいも、今は既に圭子からは去っていた。圭子は、自分

※ロシアの革命家（1853-1881）。

の殻の中へ入れられた異物を真珠にしてしまう真珠貝のような努力を、ヨシ子に向って雄々しく決心したのだった。異物であることは、たしかに異物であるに相違ないのだが。

圭子の発意によって、ヨシ子は、良造と圭子との間へ小さい布団を敷いて寝させることにした。はじめ、この案を良造に告げたとき良造は圭子が予期したような熊さん八さんの顔つきになって、圭子が予期した如く「川の字」のことを言いはじめた。圭子はえぐいような顔をして横を向いていた。何もかもが白紙へつく墨のように目新しい経験である圭子には、俗にいう川の字なりの寝姿も、それを言い出す前、一種の感慨をこめて既に頭の中に一ぺん描いてみてあった。そうして最初は川の字に形容した神経を、猥雑なものととるべきか、ただありのままのほほえましい写実ととるべきかについても、一寸考えて圭子なりの結論をもっていた。

自分と夫とで囲っている家庭を特に取り立てて隣近所の長屋と別なものとするいわれはなかったが、事実、布団を敷いて寝てみて文字どおり川の字になったとき、圭子は情けないような決まり悪いような変な気持になった。そうして、こういう子供を挟んだものとしての夫の姿が真中の子供よりも珍しくて、新しく見直す気持になるのをまざまざと心の中に見た。

子供は昼の間動きやまなかった手足を懐炉のようにほてらして、布団から転がり出た。抱え込んでも抱え込んでもあっという間に一つか二つのモーションで畳の上に転び出し、額にあらい畳目をつけた。

さめているときと眠っているときとでは、おとぎ噺の怪物のように目方が違うこともこの頃の発見だった。眠った子供はだらりとして、固体から半分液体になりかかっているように圭子の両腕の真中に垂れた。

真暗な深夜、圭子は半睡の溶けかかった官能で夫の熱い血の通った腕が自分の腕のそばに来ていることを意識した。二人の緩衝地帯のように子供を間に入れて寝たその晩は、夫にとっても一種の初夜であることが睡る前の雰囲気の続きで圭子の痺れかかった脳髄に意識された。二人は「お母さん」「お父さん」という扮装をつけたお互いを夫婦として再確認しなければやまないのだと圭子は思った。そうして、これはこれなりに、世の人の親になったもろもろの夫婦の一般的な感激の方式にちがいないと思った。

圭子は、自分の方からも、探り慣れた太い重い腕の方へ自分の片手を動かしてやった。

しかし、さわってみると、そこに転がっていたのはみずみずしくて柔かいヨシ子の片腕だった。

圭子はギョッとして咄嗟にはこの錯覚の裏返しをしようもないのだと思った。

しかし、よく考えてみれば、錯覚でなかったときでも、はたしてこういう場合に、圭子の官能がヨシ子と夫とを区別して受入れ得るものかどうかは疑問に思えた。長い間の習慣から圭子の官能では、このようにしてさわってくるものは、皆夫に対する官能でしか受入れられないようになっているらしかった。我儘であるかも知れなかった。勝手であるかも知れなかった。或いは片輪であるかも知れなかった。しかしもともと圭子の胸の中にはただ一つの器しか用意がないという事実は如何とも仕方のないものだった。

「夫か子供か、どちらかの一つしか棲む場所がないのだ……」

と圭子は思わないわけには行かなかった。そうして暗然としないわけには行かなかった。

圭子はきょうも大薬缶いっぱいの湯を沸かしてヨシ子を拭きはじめた。色々な気持の明暗はくぐっていたが、ヨシ子に対する知識が次第に圭子の中に組み立って行くことは愛の法悦にもまさる法悦だった。圭子は、母親が子供を孕んでからこの年齢に仕上げるまでの何年間に積上げる感情や知識をわずか十数日で集計しようとしている貪婪《どんらん》な忙しい自分を傍からじっと眺めていた。

ヨシ子は、時々思い出したように意味なく、

「お母ちゃん!」

と圭子を呼んでみるようになっていた。圭子はそのたびに、不用意な手許を見すかされたように微かにはっとしたが、その声はどんな美声を誇る禽鳥にもまさる純粋な音色と思えた。

「はあい、なあに」

と、それに答える圭子の声の錆つきようは、また何と不様《ぶざま》なものであろう。

こんなとき圭子は上官から点呼を受けているような意識になっているのを滑稽だと思いながら、どうにもできないのだった。

圭子を呼ぶ声が音だとすれば、圭子の答える声はその音のこだまに過ぎないのだった。ヨシ子は、母親の中に確かな手ごたえを見ると、艶やかな目でそれをたしかめるように圭子を見上

げた。その視線はまた蜂がとんで来るよりも鋭くて、圭子には眩しくさえあった。

圭子もそれに答えて見返しはしたが、見上げる視線と見返す視線とは、どこかで行きちがいになると思われた。圭子は、疚《やま》しくて疚しくて仕方がなかった。

「子を持って知る親の恩」という在来の格言に対して有島武郎が「子を持って知る子の恩」と言った事が、ゆくりなくも圭子の頭の中には蘇っていた。

子を持って知る親の恩という大嘘は、ことに圭子の場合では問題にならなかった。

しかし、「子を持って知る子の恩」も圭子の経験には当てはまると思えなかった。圭子は、いく度考えても、子供がいわば何かの媒介の役しかしていないことを認めないわけには行かなかった。子供が手引きしてくれている何かに向ってこそ、圭子は敬虔《けいけん》に対座していた。それ故にこそ、こんなにも子供をおそれ恥じる理由があったのだった。

その「何か」は何だろう。圭子は仮に親でも子でもない第三のものと名づけるよりほか、そのもやもやとしたものを摑むことはできなかった。ただ、それは、女である圭子の胸をパンのようにふくらませ、今までにはなかった新しい一つの清々しい知恵の窓をひらいてくれたものであることだけは言えた。——

圭子が熱い手拭でいつものようにだんだん拭いて下って行った柔かい太股の間に、半熟の水蜜桃を思わせる可愛いものが、桃に共通した縦の筋をきっかり引いてついていた。

子供の体中のことは、圭子が獲《と》りたてのほやほやの母としての権利に於いても義務に於いても、知っておく必要があるとは、こないだから思っていたが、こういう場所までを照明してみる権利があるものかどうかは圭子にも疑問だった。

しかし、こないだから、圭子は、足の方へ拭いて下る通りすがりに、その桃の筋が股を動かす度に割れ目となって、紅絹《もみ》を張ったような赤い中身が半分口をあけているのに何ともいえず目を惹かれていた。それは、「女」というものの実体を、遠慮のいらないこの童女の中で恣《ほしいまま》に検べてみたいような要求に根ざしたものだった。

圭子のような年齢になって、女の生理のごく一般のことさえ知らないといえば嘘のようだが、それはほんとうだった。その字を知らずには一つの漢語さえ言葉にはさむことを恥としている人間が、どこから尿が出るかを知らずに何万遍となく尿を出しているということは、おかしいといえばおかしいことではないだろうか。しかし、変な社会の常識が、圭子からさえこういう知識を掩っていた。

「ヨシ子ちゃん。ここが汚いわね。きょうはここも拭きましょうね」

と圭子は二本の足の間へ手拭を押し込むようにして、足と足との間に少しのゆとりを拵えようとした。

「いやあ。擽ったいもの」

とヨシ子は言って、馬鹿にならぬ力で両股を締めた。

「きょうは拭くのよ。だめよ」

「いや」

とヨシ子ははっきり拒絶して両股をとざしたまま動かなかった。その拒絶は、女本来の護身の本能に根ざしているのかと思えるほど激しく手きびしかった。神々しくさえあった。圭子は知らず知らずに、その手きびしさの前に晒されるにふさわしい痴れ者のような表情に退いてへらへらといやな笑い方をしながらヨシ子の目を覗き込んだ。

「じゃあね、ヨシ子ちゃん。いいものをあげよう。パの字のつくもの」

こんなことさえ言いはじめてしまったという呆れで、ますます圭子は誇を失って行った。

「あけてちょうだいよ。一寸ここを。ねえ、いいでしょう。ヨシ子ちゃん」

「いや、ばか」

というやりとりをしたときには、二人の上に浅く積りかかっていた親の情緒も子供の情緒もいつの間にか剝げて、奇妙な他人が露き出して顔を合わせていた。

「拭く。お母ちゃんはどうしてもここを拭く」

と言って、割箸を割るように二つの股の間へ突っ込んだ圭子の手には、異状な力がこもっていた。

ヨシ子はよろけて板の間へ倒れながらわっと声をあげて泣き出した。

急に目がさめたように目を瞠って、圭子は水で濡れた板の間を見下した。ヨシ子の激しい泣き声は痴《うつ》けた母親の耳を寒風のように凜冽《りんれつ》に打った。

圭子は、子供の泣くのを始末しようともせずに、暗然として自分の心の中に向いていた。

「ああ自己拡充、女の自己拡充――そのためにこのあどけない者が生けにえに供されて、これからどれだけの血を流すことだろうか――

丙午《ひのえうま》の女は、男を食うという言い伝えがあったが、丙午でなくとも圭子のような女は、つないだ綱の長さが許す範囲の草は、毒草といわず薬草といわず食って食って成長しようとする、動物のような生活力をもっていた。

しかし、そのあたりが裸になるほど食い荒らされるのを恐れる者も綱の短さには案外気がついていないことが多かった。

圭子はふと子供を食ったという鬼子母神の名を思い出して、自らそう名のりたいような淋しい気持になった。

〔1946（昭和21）年10月「新生」臨時増刊号 初出〕

施療室にて

憲兵隊から病院へ戻ってくると、もう日暮れだった。客にあぶれた馬車が、手綱をたるめて、広場へ向って傾斜した舗道をカラカラと走って行く。

「哀乎小《アイフシヤオ》銭没有《チエンメイヨウ》――」

私を乗せてきた俥屋は、迷惑そうにそう言って、鮮銀の青い紙幣をひろげて私の掌に戻した。門前の支那人の小売店で、明日差入れるための白い塵紙を二帖買うと、小さな銀貨が四枚戻ってきた。十銭銀貨を受取ると、俥屋は「シェーシェー」と言って、前に自転車を引いて行く少年にラッパを高く鳴らして走り去った。

私は、受付の老人が電灯の下で首を突きだしているのに丁寧に頭を下げて、脂で冷い草履と履きかえた。肥った足の太股が気だるい。

後《おく》れ毛をいらいらしてかき上げながら、恐しい憂愁が額にかぶさっているのを感じた。半地下室の施療室《せりようしつ》の階段の上まで来ると、ちょっと右足に鈍い疼きが走ったと思う間に、きゅっと引吊って、どうしたはずみか、足をすくわれたように冷いコンクリの床にべたりと倒れてしまった。手を突いて立上ろうとすると、膝が金具のようにがくがくと鳴って、腹の大きい体を支えようとする両手が、あやしくわなわなとふるえる。たよりない戦慄が四肢から体の方へ這い上ってくる。

三尺ほど先の暗い床の上へ投げだした塵紙の一束が白く長方形にぼんやり浮いているのを見ながら床へ耳を近づけるようにして人の来るのを待ったが、半地下室へ行く廊下は坑道のようにひっそり湿って暗い。耳をすますと埃くさい廊下の床低く澄んだ蚊の翅《はね》の音が異臭を含んだ風といっしょに頬を避けて過ぎる。

血を吸った蚊のような大きな腹をかかえて起き上れない体が河から引摺り上げた重い一本の丸太のように情なく考えられる。右の手で一年草の茎のように弱い左手をさすってみると右の手の五本の指の腹に、縮緬にさわったようなチリチリした痺れが感じられる。脚気《かっけ》だ。人に聞く妊娠脚気の症状だ。赤土の埃を多量に含んだ植民地の空気と、水八分に南京米二分の塩からい長い間の悪食で妊娠脚気にかかったのだ。

この上に脚気か。――

暗がりの中に、自分の無表情を感じる。

――しかし、出産の上に脚気が重ったら、自分の入獄は少し伸ばされるかもしれない。――無感情の頭の中から、うすい喜びに似たものがかすかに流れだした。私は監獄を恐れる。嬰児《えいじ》を抱いて監獄生活をする女を描いてみると、内臓が縮むような感じがする。この子供をはじめて腹に抱いたことを知った時にも私は、東京の大地震のどさくさまぎれで監獄にいた。私によって運命づけられた子供の一生は監獄生活かもしれない。いや、しかし、それでいいのだ。私は、額の広い、目の少し吊った女の児をうみたいと思う。よし、日本のボルセヴィチカを監獄で育てよう。

しばらくすると、私は胸を突きあげる胎動にさからいながら厚い唇で口笛を吹いた。

汽缶車が蒸気を捨てる時のようなかすれた口笛が鍵のように折れ曲った廊下の暗がりを流れた。馬車鉄工事の線路を破壊した時の、海にトロッコが転り落ちる凄じい音が、こだまのように耳にいきいきと聞える、すべてが無念だ。

夫と三人の苦力《クーリー》監督が企てたテロのために、四人は監獄にほうりこまれ、争議は根こそぎ負けた。苦力たちの団結は破れて、争議以前よりもひどい解雇条件で、卑屈な苦力たちは薄い布団を背負って埃だらけの布靴で、張作霖《ちようさくりん》の募兵に応じるために、割引の南満鉄道に荷物のように押合って乗りこんで去った。

あとに残ったものは同志四人の投獄と、夫の入獄で行路病者票を得て慈善病院に入院して出産を待っている私とだ。馬鉄公司の女中であった私も共犯として出産のすみ次第収容されるべき運命にある。施療室の私の寝台のわきには、いつも汚れたタオルを鷲づかみにして髪の伸びた襟の汗を拭く看守巡査が見張っているのだ。

私は夫をうらむまいと思う。ああいう風なテロをすれば、こうなって行くという見透しは、私にはあまりに明白だったのだ。夫と三人の同志とは、私の考を妊娠している女の因循な臆病だと笑った。しかし、結果は私の予想したとおりだ。しかし、そういうところを通り抜けなければ向うへ行けないすべての大勢ならば、やはり、それに従って行かなければならないのが、運動する者の道だ。夫に対する妻の道だ。私は、少しも悔いてはいないのだ。

人の足音が近よってきた。新しい革の靴の音が、窓ぎわの方へ寄ってきざむように近寄ってきた。肩のすっぺり薄い紺のアルパカの上半身が、窓の外のほの白いシーツの干し物を背にしてぽかりと描きだされた、私は、今倒れたように見せかけるために身構えた。受付の老人だ。

「あのすみませんがちょっと手を貸してくださいませんか」

「何だい、そんな所へ坐って……」

老人は、日の間に厚みのある皺をよせて目を見定めるために背を曲げて近寄ってきた。

「北村さんじゃないか。……困るね」

老人は、施療患者の私だと知ると、心持言葉を荒くして背を外らしたまま不親切に手をさしだした。私は、老人の皮のたるい乾いた手につかまって板壁に体をもたせかけた。足が果物のように冷い。歩こうとすると、足が風琴のように畳まりそうだ。

私は、老人のたよりない体に、腹の重い体をもたせて地下室への階段を降りた。

憲兵隊の呼びだしで、一日爽かな外の空気を吸ってきた私に、便器と消毒薬の香と、その香を外へ逃がすまいとする半地下室の床の湿気とが、もつれて襲いかかる。

中風の老婆は、寝台の上に烏賊《いか》のようにべたりとねたまま、壁のように青みがかった白目だけを動かして、じろりと私を見た。私も同じような目で見返した。

北側の隅から泡の消えるような念仏の声が聞える。これも旅順の養老院から送られてきた、片手が枯枝のように硬直した老婆だ。彼女の念仏の声をきくと、病気のない私には、便器の香がますますたまらなくせまってくるような気がする。

看守の巡査は、講談本を私の枕頭台の上に置いて、洗濯でゆきの縮んだ白服の腕を胸に曲げて私の布団の上に斜に倒れて眠っていた。結びきらない口の尻からひげをぬらして水飴のような涎が流れて私の布団の上までみみずのような線をひいている。

私は、金ボタンといっしょに白服の胸をつかんで揺った。

「ああ、寝ちゃった。今帰ったところ？　遅いんで心配しちゃった」

私は返事をせずに、枕頭台の向側にかけておいた手拭をとって、涎のたれた布団のカバーを拭いた。

「どうでした」

「どうでもなかったの」

私は帯を寝台から床の上へ長くたらしたまま、低い寝台の上に、投げだすように横になってみしみしと、幾度か寝返った。

「じゃ、帰ろう。さよなら」

「さよなら」

巡査が扉を押して出て行くのを、自殺未遂の娼妓あがりの女が、寝られなさそうに首をもたげて見送った。制服の引伸びた影が廊下の壁を揺れて行く。

足が熱い。足の筋肉が、鉛のような重みを膝にもたせかける。絶望が、心の中にぎざぎざと鋸のような歯を立てる。これが、二十二年の間夢を描いて積み重ねてきた私の人生の成果か。壁紙の雨洩りの隈どりが、異様な地図を描いてみえる。

夜が更けてくると、アカシヤの苗木畑を吹く風が薬品倉庫に突当って、砂を施療室の窓硝子にさらさらと投げつけた。窓硝子は、硝子で風の音だけを遮ってがたがたと鳴った。

私は左足をのさりと右足にのせて電灯の長いコードを見上げながら夫のことを考える。夫ではない。同志だ、夫と考えるからこそいろいろな不満が引摺りだされる。××と××を前にした、同志としての男女関係に、あの頼りない一本の綱に皆が縋ろうとする古い家族制度は去年の雑草のように枯れているはずだ。しかし——球の大きい縁の黒い眼鏡が吸い上げようとするように、背の低い私を見下している。

「光代、許してくれよ。うまれる子供とお前に、俺は一番すまなく思うよ、俺が悪かった」下を向いている眼鏡に目から一滴の雫が落ちてぱっと拡大される——それは、昼間憲兵隊の廊下で鎖につながれた夫に会った時の光景だ。私は、何か顔を掩ってしまいたい衝動を感じる。

何が彼にあんな未練の糸につながれた女々しい態度をさせるのであろうか。彼の充血した目は、いったい私にどうせよと要求しているのだ。

妻の存在が、意志の弱い夫を未練につなぎとめる。未練の夫が投げてくる長い帯の端を、妻は受取らずにはいられないのだ。ああいやだ。いやだ。どこかへ落ちこみそうでたまらない気持だ、寄木細工のようにがらがらに崩れてしまいたい。

愛する同志よ、周囲を見廻すな。前を見よ。前を見よ。深い天井に描いた彼の幻影に呼びかけてみる。

私は、咽喉を笛のように円くして、低い声で「民衆の旗」をうたいだした。高い音のところへ来ると肩を突きあげて肺の息を押しだしながら、ふるえる自分の声に聞き入る。涙が一滴耳へ擽るように流れこんできた――。

何時間程眠ったろうか。私は隣の喘息の咳で、体をびくっとさせて目をさました。窓が、ひそやかにことこと鳴っている。

足の位置をかえるために背を動かすと恐しい疼痛が蔓のように下腹を這った。さては？

何か縮むような痛みがつづけて押してくる。堪えるために背を曲げて両手を下腹にあてると痺れた指の腹と掌とに、皮膚の張りきったなだらかな膨脹が感じられる。しみじみと撫でてみた。瞼に、とてもさからいがたい睡気が襲ってきてはあとから、怒号のように腹痛がよせてくる。痛い。とてもたまらない痛みだ。

私は衝動的に起上って肥った膝を手で抱えて腹にあてがった。自分の体のうちとは思われないなつかしいぬくもりが冷えた下腹に伝った。とても、足で押えるくらいではたまらない痛みだ。私はまた足を投げて倒れて背中あたりに固い枕を感じているままで、寝台のざらざらした鉄棒につかまった。痛みが潮の引くように遠ざかると、錆びた鉄棒の冷いのが、脂でにたにたした手に快い。

私は、鉄棒を引寄せるように握ってうんと息をつめながら力まかせに堪えた。

「う、う、う、う」

顔の筋肉を鼻のまわりに縮めて腹に力を入れると、つむった目の闇の中に、さまざまなものが一度に現れて消える。トロッコが海へ転り落ちた時の凄じい音が聞える。顔をそむけたいような埃が煙のように舞い上る。

目をひらいてみると、窓が砂塵をはじいてことことと鳴っている。高い天井から吊り下った電灯のコードが、静に、フラフラとゆれている。ひそやかな、ひ弱い寝息が、私の絞るような唸り声とはまざらずに、すうすうと立昇っている。

私は、自分の、悽惨な野獣のようなうなり声を残忍に聞き入った。

私は、愛する夫と引裂かれてこんな植民地の施療病院で誰にも見とられずに野良犬のように子供をうむ自分の不幸を嘆いてはならない。

私は、私の中に、消えなんとして、いつも焔を取戻してくる一本のろうそくの火を見守りながらここまで生きてきた。私は未来を信じて生きる。今こんな苦闘の中にいても、私は、この苦闘の中を縫って行く一つの赤い焔を感じる。私は、どこまでもどこまでも、それを見守って闘って行こう。塩からい涙が歪んだ表情の上をとめ処なく流れる。

午前五時、二階から便所へ降りてきた看護婦長に陣痛を発見されて、古綿の汚点のついた布団を一枚敷重ねられた上で、私は猿のように赤い女の児をうんだ。つぶった目は糸のように吊り上っていたが、五分ほど伸びた絹糸のような髪が額に垂れて、頭がツンと長かった。

窓の外は硝子いっぱいに青い夜明けだ。子供は、育児院から貰ってきた、乳汁で枕のあたりがこちこちに固まっている麻の葉模様の布団の上で、掛布団を外したままで真赤な足をばたばた蹴って火のついたようにないている。

室の中に外の光がさしこむにしたがって看護衣の漂白の青味がかった神経質な白さが皺くちゃに疲れている私の神経に刺しこんできた。私はおとなしく看護婦長のいうとおりに足をたてて目をつむっている。股が熔けてしまいそうにだるい。

腕のつけ根が痛むので肩をすくめながら、変にやわらかい足の腹を撫でると、遠くの方で恐しくつるんと滑かなものにさわるような手ざわりがする。手も足も厚い餅を張ったように、まったく痺れているのだ。

看護婦長のニッケルの冷いピンセットが内股にふれる感触が何か思いだしかかって思いだせないように廻りくどい。

「婦長さん、私、とてもひどい脚気のようですよ。こんなにしびれて……」

私は、あわれみを乞うように掌で、白い足の膚をさすってみせた。

「脚気？　だいじょうぶですよ」

婦長は、眼尻を下げて無感動な顔で、黄色な液汁を吸った、ボタボタの脱脂綿を瀬戸皿の中へ投げこむ。

「しかし……まあ見てください。こんなに凹むんですよ」

ひょっと人指ゆびで押した膝のわきが、笑靨《えくぼ》のように深くへこんだまま戻ってこない。自分ながら驚いて、二た所ばかり押してみると、指がめりこむように深い窪みができる。

「困りましたね」

婦長は、私を疑うように自分の指で押してみた後、海老のような皺を額によせて、後れ毛の多い頭を横に振った。

私は明け放たれた窓の方へ向いて婦長の気持を考える。

産脚気はこの病院では一番てこずる病気だ。植民地の産脚気は、少し重いと三年も五年も足が立たない。便器の始末さえできない、足のたたない病人を背負いこむことは人手を少なくして、市から下りる補助金をなるべく私生活の方へ繰りこみたいこの病院長の一番迷惑とするところだ。同じ患者を三年も五年もつづけて置くことは、業績の上ではえない。「取扱患者数何千何百何十何人」と書いて、維持者の金持に廻す報告書に、人数が少なくなることは得策でないのだ。

婦長は院長夫人でクリスチャンである。表面は看護婦長であるが、事実は、医者の免状も持たずに患者の診察もするし往診もしている。表面はビロードのようにやさしいが、なかには荊《いばら》のような恐しい手応えをもった女だ。

婦長は、私の始末を終えてめくれていた浴衣を足へかけると、子供の寝台の方へ廻って、ギイと寝台を私の側へ引寄せた。私は明るさに堪えられないように弱くつむって吊上った子供の目をしみじみと見た。

妙な、説明のできない不思議さを感じるだけで、一番恐れていた「愛」というような感情は少しも起ってこない。

婦長が、薄いあかね木綿の布団を軽くのせて、足の方をぽんとたたくと子供は胸をかすかに動かして擽るようにやわらかい寝息をたてている。

白い、冴え冴えしたものが私の心にひろがる。長いトンネルを出た時の気持だ。さわやかな朝を感じる気持だ。昨日までの、あの、油じみた、絶望に怖かされる自分を脱ぎ捨てよう。こんな希望が、今日一日で乾き上ってしまうはかないものでないことを希う。——

朝の食事は、きのうと同じ上海菜《シャンハイな》の灰汁《あく》っぽい白ちゃけた味噌汁に、小皿にちょっぴり盛った塩をかむような昆布の佃煮、それと、半月形に切った二切の黄色な沢庵だ。

私は、昆布を、どろどろな粥にまぜて、横にねたままで口に流しこんだ。

「今日も上海菜明日も上海菜で私たちを乾し殺す気か」

布団の上にきちんと坐った中風の老婆が、頓狂な九州弁で言って、ねちゃねちゃに嚙んだ青いものを床の上にベッと吐いた。一同が、それに吊られて口に食物を含んだ声で空虚に笑った。

「よう婆さん、味噌汁がいやなら私の沢庵と代えておくれよ」

娼妓あがりの女が寝台から下りて、紫のゴム裏草履を引摺って老婆の寝台まで出かけて行った。

「こらまた小宮を殺そうの相談だな。許さん許さん」

娼妓の前にいきなり、被害妄想狂の四十女が黒い箸をさしだしていかめしく振った。小宮とは十年も前に死に別れた夫の事だ。誰も毎日の事なので笑う者がない。

私は粥と昆布をたくさん残して箸を置いた。

夫に手紙を書くことを思いたったから。出産したら当分字を読んだり書いたりしてはならないと、流産の経験のある娼妓あがりからよく聞いていたので、見られたら煩いと思い、枕頭台のかげに雑誌をおいて台にして馬車鉄公司からごまかしてきた名入の便箋をひろげた。苦労性の彼を安心させるために、はじめは陽気に書きだしたがしまいに行くにしたがって変に興奮してきた。

「……足が立たなくなってしまったのです。便器をいじるのさえ自由でありません。看護婦にいやな顔をされて便器の掃除をしてもらうことを思うと悲しくなります。それよりも、大変なのは、赤ん坊のおしめを洗う人間のないことです。しかたがありませんから、二階で働いている家政婦に一枚二銭で洗ってもらうよう話をたのみましたが、私の財布の中には今二円七八十銭の金しかありません。いったいどうなって行くんでしょう」

書くまい書くまいと思いながら、自分の感情に押されて、そんなことまで書いてしまった。

こんな文句を書く自分に軽蔑を感じながら、急激に体を起して封をしていると頭が変にふらふらする。急いで枕に押しつけて目をつむると、しーんと水底へ落ちて行くようないやな音が聞える。脳貧血だな――そう思いながら、窓に掛けてある日本手拭が白くひらひらゆれているのを見ながら気を失ってしまった。……

ふっと気を取戻した。左の腕が痛む。袖をめくってみると、二ノ腕に絆創膏《ばんそうこう》が菱形に貼ってある。気がつくと、看守の巡査がねっとりとした生温かい手で左の手首を握っている。脈を見ているのだなとは次の瞬間に気がついたが、はじめにぐっとこみ上げてきた反感と軽い驚きとを押えることができずに、上目をつかって下からひげだらけのあごを見上げながら勢よく腕を振放した。

「北村光代に××注射一筒、午前八時半」

「はーい」

よく透る若い女の声が、蝿がスースーとたわむれている暗い、空気の中を鈴のように往復する。注射器の箱の蓋をしめる、パチンというばねの強い音。

中風患者たちの肛門にさしこむ百目ろうそくのような灌腸器が看護婦の執務台にのっている。

「ちょっと、日勤の看護婦さん。きょうは灌腸が願えるんですか。まあうれしい。わたしはもうきょうで五日も出ないんだよ。下腹が六月くらいにでこでこして……」

中風の老婆につれて、妄想狂の女が、わけも判らずに「うれしうれし」と、節をつけてどなった。

「おい、伯母さん伯母さん。またそんなにどなると死亡室行きにされるよ」

娼妓あがりが妄想狂に冗談をいうと、二人の中風の女が、いやな顔をしてだまってしまった。手のかかる長い病人を生きたままで死亡室へ運んで外から鍵をかけたという、この院長に関する新聞記事を、二人はそのまま信じているのだ。この病院に三ヵ月厄介になったものなら、誰でも、一度はかならず同室の病人の臨終に会うので知らないものはない、庭の片隅の死亡室。こまかい葉のアカシヤが手をかざすように蔽《おお》いかぶさった石造の、ひろい、窓のない死亡室には青い黴が生えた尻切れ草履が流れついたように不揃にぬいであり、解剖台の上では、栓のねじりきれない水道の水が、絶えずとろとろと音を立てて石の上に落ちている。尻、腕、頭、肩の形が、畳一畳ほどの人造石解剖台のおもてに克明に刻んである。絶えず流れ落ちる水のために、花崗岩をにせた人造石のおもてに錆びた、一条の条《すじ》ができているのも、何か、人間の肉を切り刻んだあとを嗅ぎださせずにはおかないのだ。長い人生の戦いに敗れて、生活の鎖をこの地下室まで引摺りこんできた人々にとっては、死までの長い間の、施療室の生活よりも、死の最後の一瞬の、この、解剖台の上での自分を考えることが、一番たえがたい。冷い石の上で、生きていた間の入院料の代りに、手や足をずたずたに切り刻まれてしまう自分に、どうして、あの解剖台の上に掛った一枚の埃だらけの額のような平和な昇天を信じることができるか。

――

「おいおい、ほんとにいやな冗談をいうんじゃないよ。気を腐らすじゃないか」

娼妓あがりは亀のように首をちぢめて舌をペロリと出して、言われない先に自分で言って、気むずかしい中風の女たちにあしらわないように、トランプの占いをはじめた。

「ハートかよしよし。おやおや。ダイヤだな。ほらっと、またダイヤか。幸先よくねえぞ」

私は、娼妓あがりのヒステリックな声をききながら、子供の方へ顔をよせて、うとうとと睡った。

午後になると、肩から袋をぶら下げたような重みが二つの乳房にかかってきた。私は顎を引いて、冬瓜《とうがん》のように醜くもり上って黒ずんでいる自分の乳房をしばらく見ている。

乳――乳の問題。湿気のはけない、煉瓦建の工場で解版をやっていた子持の女たちが脚気に罹って瞼をドブドブに腫して乳を子供たちに呑ませていたのを、いっしょに働いていて見たことがある。雨の多い晩秋の事だったが、子供たちは連日の下痢で皺くちゃに痩せて、乳房を離すとピイピイ泣いていた。託児所では病気の子はあずからない。紐で体に括りつけて出勤してきた女たちが小使にいくらか握らせて痩せた子供の枕を並べて小使室に寝させてあったところは、人の涙をさそうものだった。工場は不景気で閉鎖になったが、乳児脚気の子供たちが、あとで幾人か死んでしまったことをきいた。私の脚気も、その工場に働いていた時から源を発しているらしい。

なるようになれ。少なくとも、この場合では私は、こう言うよりほかに自分に訓えるべき言葉を知らないのだ。

人指し指と拇指でちょっと乳首を挟んで押すと、曲線を描いて、白い元結《もとゆい》のような幾条もの乳汁が枕掛の上に飛ぶ。ふと思いついて、人さし指を枕許の茶碗で洗って子供の桃色の唇に持って行くと体温の高い唇を輪のように円くして吸いついてきた。指を奪うと、ひきつけるようになきだした。

夕暮、珍しく薬品倉庫の板塀に止まって、油蟬が油を煮るように喧しくなきだした。窓の外のアカシヤの細い葉が、横に投げてくる日没の薄日を受けとめて風にたわたわと動いている。遠くで、長く尾を引く支那俥のラッパが流れるようにきこえる。

「検温――」

看護婦が銀時計の紐をぶら下げて、執務台から立上って男子室に合図している。厚みのある肉声がピリピリと複音を伴って幅の狭い廊下をどこまでも流れる。

私は、懶く柱時計を見上げて、冷い検温器を脇に挟む。

牛乳だ、一日一合の牛乳がありさえすれば、この問題は解かれるのだ。子供に脚気の乳を呑ましてはならない。

胸が、糸で締められるように痛いので、さわると浴衣の薄れた模様の上に、びしょびしょに乳汁が流れだしている。子供は顎にさわる着物の襟を追いながら泣いている。乳房を求めているのだ。

温まった体温計を窓にすかしみた。水銀が三十八度五分のところまでのぼっている。二度五分あがっているわけだ。軽く額を押えてみた。

「御巡回御巡回」

白い帽子をひらひらさせながら若い看護婦が駆けてきてブリキの便器を廊下へ持ちだした。烏賊のようにねたきりの老婆の便器は、蓋をとると、蠅が勢よく、胡麻を撒いたように舞い上った。

間もなく、院長夫婦が西側の入口から入ってきた。婦長は、ピンピンとゴム管がはねる聴診器を手に持ち、院長は青筋の張った両手をズボンの臀の上で結んで婦長についてきた。度の弱い眼鏡を透して見られる、二つの瞼の高い目には、かくしがたい、退屈の充血が見られた。あるいは、昨夜、酒でも呑んだのか。

「おお神様、今日も、この不幸な病める人々と、ともにある時間を与えてくださいましたことを感謝いたします……」

「アーメン」と娼妓あがりが鼻声で和した。私は、いかにして牛乳の話を院長に切りだすべきかについて考え、考えを乱す娼妓あがりの鼻声に反感をもちながら、猫のようにさとく身がまえる自分を感じ、仰向けにねて目をつむっていた。

婦長の腕時計のセコンドの音が近よって聞えたので、私は永い睡りから今さめたようにぱちりと目をあいた。

「ああ、いい顔して睡っているわ」

婦長が子供の顔の蠅よけのガーゼをとっている後から院長が追いついてきた。

「野田、この壜は何に使ったのだ」

患者名簿を腕の上でめくっている看護婦を振返って、院長が、小さな壜を示した。私は気がつかなかったが、それは私の枕頭台の上にあったのだ。

「は――」

看護婦は解せない顔でそれを受取って目の高さに上げて目を険しくしてレッテルの文字を読んだが、

「ああ、これは、今朝この人に注射した薬品でございます」

「注射？　注射は婦長さんに許可を仰いだのか」

「いいえ、あの、失神したものでございますから。……いつも脳貧血を起す癖がありますししますので、御許可をうけることは略しております」

「ばか野郎！」

いきなり青い硝子が粉のように床で砕けて四方に飛び、コルクが二間もころころと転った。

「君も二年も看護婦をやったんだから、このドイツ語くらいはよめるだろう。この×××という薬品は一度口をあけるともう使えないんだ。一グラムいくらするのか、君は知ってるのかね。こんな貧乏病院で脳貧血にいちいちこんな薬を使われてたまるもんかね、君」

舌まわりの悪い独逸語の濁音を私は頭の上で聞いて鼻の穴で笑った。

――一壜の薬品の値段よりも軽蔑せられた女患者の生命――

私は、子供に濁った乳をのませる決心が、ひょうひょうと風のように淅しく心に舞いこんできたのを感じた。

恐しい勢で乳汁が流れだす。乳の張る痛みが、朝になると肩まで溯《さかのぼ》ってきた。体の一部に膿をもっている気持だ。夜中に二回子供に乳首をふくませたが、舌と咽喉の吸引力が快く乳首から乳汁を誘いだす。

乳を吸われている気持は、軽い睡気に揶揄《やゆ》されているように快い。これが母親の気持のはじまりに違ない。

恐しく快い朝がやってきたものだ。乳の下まで痺れが上ってきた体が膚にキッチリした羽二重の肉シャツをつけているようになめらかだ。

牛乳、牛乳、と燻製の鰊のように魅力のない声がどこかで聞えて聞えてしかたがないが、切り捨てることはたやすくできる。脚気の乳であろうと膿であろうと、愛する子供が咽喉を鳴らして飲んでいるではないか。貧農であった私の祖父も、職人であった私の父も皆、蛆《うじ》のように頭数の多い自分の子供らに食わせるために一生働いて摺り減って死んだ。子供に食わせたいという強い要求は、昔から貧乏人の伝統の中を針金のようにして貫いてきたものだ。

過去と未来とを切り落した、平面な、一枚の紙のような自分を感じる。どうせ、しばしの間の母子だ。私の行く手には監獄が壁のように立塞っている。監獄は少し発育すると子供を引離す。陰惨な監獄生活を子供に知らせてはいけない。また親に罪はあっても子には罪はないゆえ不法拘束になる――そんな理由で子供だけは外へ追いだされるが、こんな個人主義の世の中で母と引きちぎられた子供がどうして自由でありうるか。あの法律は、囚人である母親が、子供という「愛するもの」を、何物をも失っているべき監獄で持っているということに対する拘束をしか意味していないのだ。――ああここまで考えてくると、いつの間にか手に負えないニヒリズムにはまっている自分を発見する。

社会主義者私は、入獄という事実の前に萎縮している。たしかに萎縮している。ああ、そして、また、このあわれむべき自覚が、私を絶望させるのだ。

女よ。未来を信ぜよ。子供への愛が深いならば、深いがゆえに、闘いを誓え。

ほんとうにさわやかな朝だ。

男子室の、結核患者の咳の声が、二階の看護婦の捨てた桃色の桜紙といっしょに風に吹きまくられて、窓に近い私の寝台の上に舞いこんできた。娼妓あがりが、ヒステリーを起して、布団の裾に真白な足の裏を二枚見せてないている。生えさがりの長い耳のあたりに、虐げられきったもののあどけなさが見える。娘時代には美しい女だったろうと思う。

うとうとしたかと思うと、廊下を喧しく走る音で目をさました。白い服をひるがえして幾人もの看護婦がばたばたと走って通る。

――死んだ！――とどこからか聞えた。

――え？　死んだ？――自分の驚き方に自分ながら驚かされながら頭をあげた。と笑靨のある見習看護婦が、迷いこんだように飛びこんできて腕を顔にあてて「あああ」と深い驚を吐きだすように溜息をついた。

「重病室にいる脚気衝心《しょうしん》の人が、いつか死んでいたのを知らないでいたもんだから顔に、こんなに蠅がたかって……」

看護婦は、赤いルビーをはめた左手を、眼を掩うような格好に顔にあててみせた。

「え？　蠅――」

私は、顔に蠅が止った時の冷い、いやな感触を思いだしながら、子供の顔のあたりを飛んでいる蠅を手で追った。子供は、眉をぴんぴんと動かしながら眠っている。

間もなく二本の竹にズックをはさんだ粗末な担架が、外の明るい青葉を背景にして暗い廊下を過ぎて行った。ネルの汚れた毛布の下から、真桑瓜のように腫れ上った片足が見えた。

担架が、死亡室へ行く広い庭の方へ廻った。私は、寝台のあらい格子の間から、担架の後をかついで行く支那人の辮髪《べんぱつ》が、尻のあたりでピンピン歩くたびにはねかえされるのを見た。支那人が踏んで行く庭の地面には石にひしがれた蒲公英《たんぽぽ》が金色に咲いている。もう七月も半ばだ。

室の中に目を転じると真暗に見える室の隅で、妄想狂の女が「なむあみだ仏なむあみだ仏」と口を動かして笑っている。

「北村さん。今の人、生きておったよ」

「え？」

　私は、意味を解しかねて、聞きかえした。

「今担架に乗って行った人ね、生きておったよ」

「まさか……」

「いや、生きておった生きておった」

　女はおもしろそうにそういいながら自分の膝をめくって、不似合な赤フランの下から肉のたるみきった片足を突きだして動かしてみせた。

「ここから見ると、ちゃあんと見えた。足がこうこう動いていたんだもの」

「縁起の悪いこと言いくさるかい！」

　いきなり、横合から中風の女が林檎の皮を投げた。

　午後三時の回診がすむと、白い前掛で厳重に体を包んだ医師たちが煙草の烟を吹き流しながら死亡室の方へ行った。教授の二名のほか、あとの三名は旅順医大の、私も診察してもらったことのある学生だった。

　解剖のある日が、いつもそうであるように皆憂鬱な顔をして起上らなかった。私は、夫からの手紙を受取った。

「どうして来ないのかと思って待っていたら今朝の新聞に、お前がお産をしたことが出ていたと看守にきいた。子供は俺に似ているか。足の指は普通か」

足の指は普通かという文句が、朝から感情の昂《たかぶ》っている私を泣かさずにおかなかった。夫の足の拇指は、生れながらの畸形で小指のように細かった。この手紙も、やはり、夫の監獄でのある生活を私に伝えずにはおかない。私は、囚えられている夫の生活の中で外においてある妻と、生れた子供の事が第一義であることに憤り、またすがりつきたいような堪えがたいなつかしみを感じた。

夕方恐しい下痢が子供に起った。緑青《ろくしょう》のような粒をまぜた水の大便が、ひっきりなしに襁褓《むつき》を汚す。夕食のおりには、口からも黒いものを吐いた。私は起き上って襁褓を調べ、熱をはかるために乳房を唇に押つけたが、疲れ切って子供の方へ背を向けて目をつぶった。乳房を唇へ持って行くといやがって首を振る、熱にうかされた様子が、あまりにもまざまざと私の恐れていたことを示しているのだ。赤い葡萄色の薬を乳にごまかして呑ませようとしたが、乳をさえ呑まないのに、苦い薬を呑むはずがない。口のまわりに皺をよせて吐きだしたあとは、咽喉がただれた。煩く来診をたのむと、看護婦は面倒くさそうな顔をして襁褓をかかえて子供を二階に連れて行った。夜中私は二階の音に耳をすまして夜を明かした。十二時過ぎまでは、看護室の蔭にある有料患者の、病人とは思えないほど息のつづく流行唄の声が聞えたが、更けてくると、巡回の看護婦の足音さえ聞えない。私は下へ降りてくる看護婦の足音を待ちながら夜をあかしてしまった。

夜があけ放れた時に、見習看護婦がにこにこして私の寝台の傍にやってきた。その笑い方に、ぴったりと結びつく私の直覚があった。

「ほんとお気の毒、ちょうど四時の時になくなったのよ」

「そうですか」

私は、相手のひそめた声に被せるように、何でもなさそうに、平気な声で答えた。事実、私にはそれ以上の感情は起っていないのだ。

「顔を見たいでしょう、だけど、歩けなくって困ったわね」

「いいえ、見ますまい」

これきり、私は、彼女が微笑を含みながら、何を言っても答えなかった。有料患者の男たちとふざけるのが一日の仕事になっている看護婦たちが、どれほどの手をつくしてくれたか、そんなことは、考えるまでもないことだ。

私は二階の看護婦たちがふざけている診察室に、脚気の乳で、膿を持ったようにふくれてねむっている丈の短い小児の図を描いてみる。目をつむっていると、夢と現の間を行き来している気持だ。

ただ、旗のような一枚の布がひらひらと動いているのが暗い中に見える気がするだけで、感覚は死んでいる。私は不幸であろうか。

死骸が死亡室へ運ばれたと知らしてくると動ける娼妓あがりが香を買って私の代りに行って

くれると言いだした。私はすなおにたのんだ。こうしてねていると、子供の顔を思いだす代りに死亡室の水道の水の音がとろとろと聞えてくる。もう解剖が始まる時刻だ。

人工栄養の金がなかったために、みすみす脚気の乳をのませて、そのために乳児脚気で死んだと、解剖の結果は証明されるであろう。そしてますます「脚気の乳を警戒せよ、母親が脚気の時には、子供は、乳母または、人工栄養をもって育てざるべからず」ということが医学界に証明されるであろう。しかしながら彼らは、人工栄養の金を持たない種類の人間はどうすべきであるかという結論までを、あの可憐な私の子供の死骸の解剖から導きだすことはできまい。

――

翌日私は検察官に電話をかけてもらって入獄の手続をすました。夜は植民地には珍しい土砂降りの雨だった、電力節約のために八時から消灯した表玄関で二人の巡査の佩剣が光った。私は支那人の俥屋にたすけられて俥にのった。行く手は李家屯《リーチャトン》の旅順監獄分監だ。郊外の昇り坂へ出ると目つぶしに向ってくる風にさからって俥が動揺した。俥が動くたびにはるかな行く手に見える真赤な灯が幌《ほろ》のセルロイドの窓に点滅した。監獄の表門だ。

〔1927（昭和2）年9月「文芸戦線」初出〕

人生実験

坐っていても歩いていても絶えず心で紡ぎ出している情感の糸がある。中年の松子の情感には肉体の部厚な量感や着ている着物の摩擦感なども撚《よ》り合わさっていた。それに中年そのものの触感たる索漠とした平衡感覚も付随していて、年齢に照らし合わせて物事を感じる訓練を二六時中躾けられている感じでもあった。

平生は肉体とまじって一つのものとなっているこんな情感が、一人居鎮ったときふと澄んで別々に遊離して自分に感触されることがある。ある日も松子は近くの駅前で用を達して家にかえりかかり、家から二三丁の静かな横丁を歩みながら、いくつもに裂けたそんな情感に気をとられていた。

うつろにひらいている目では買物袋に覗いている古本をただぼんやり白に感じていたし、道の片側をかげらしている生垣の葉の裂け目を黒い網目と感じてはいたが大気を渡ってくる陽光を眩しいとも思わず両目の中に素通りさせていたのであった。

ふと見上げたある窓の窓硝子が四月の風に動いてきらっとなぜか目くばせのように光った。気ままに遊んでいた松子の神経は思わずそちらへ連れ込まれた感じだった。見ればその窓の前の古い木の門柱につい一昨日ころまで見なかった新しい表札が打ちつけられて「沢田岩男」という安定感のない四字の字くばりが陽光で鍍金された札のおもてに今にも転がり落ちそうに並んでいるのであった。

「おや沢田——」

と思った松子の目ざしは通せん坊に引っかかったようにその文字づらの上に思わず立留らずにはいられなかった。「沢田がどうしてここに……」

松子は驚きと呆れで大波を打とうとする心を平衡感覚の働く目つきでコントロールしながら足どりだけは小刻みになっていた。

「こんな広い東京で所もあろうにこんな近くに移ってくるとは……だが、一体これは偶然なのか。それとも――」

たしかこの家は、ある住宅会社の持家で、係争中と松子はきいていたが――。

どんなに住宅難であるかを語る笑い話としてつい先日夫がこんな話をきいて来て松子に話した。神田のある小公園の共同便所にうす汚い女が現れて突然掃除をはじめた。奇特なことだと見ていると便壺の上にふたをして蓆《むしろ》をしいてやがて四五人づれの家族をつれて来て住みついてしまった――。今面していることの重大さを迂廻しようとする心の働きで松子の気持はひとりでに寄り道していた。するとそれに重って、以前沢田が行動しているのを見るときよく起した昔からの錯覚が起っているのを覚えた。それは、そこに名前を掲げて恥多い自分の個性を大気に向けて喋りつづけているのは、あの沢田岩男ではなくて松子自身であるような錯覚であった。そして、再び目をあげたなら、そこに見るに堪えない「志川松子」という自分の名札を見るような気がしてもう一度その表札を仰ぐ勇気はなく、急に小さい風を起すような小ぜわしいしぐさで歩み去った。

それにしても、松子の家から三丁とはなれないこの横丁に沢田が移り住んで来たことの意味を松子は一と通りに想像しておくわけには行かなかった。こんな時勢のことだから、それは、選択の自由のない偶然の意地悪い配置と思えば重々思うことができるわけではあった。が、そうとだけ解釈して片づけても何かはみ出してくるものがあった。ああ何と愚かしいことだとも思いながら、目の前に立ち塞がられてみればこの疑問も片づけて通らねばならなかった。松子は遠景として二十余年まえの沢田を対照しながら、戦争後の沢田の度外れと非常識の限界がどの辺にあるかを改めて考えてみるのであった。

今更何をかくすことがあろうか。沢田は、松子の二十歳だった出発に最初に人生の文字をしるした男性であった。そのこと自体は真白な布に記した真黒な文字として、その後のいかなる有為転変に洗われても洗い去ることのできないしるしを松子の心に残していた。がそのしるしをくれた沢田自身の影は二十何年間の時間の風化で案外淡くなっているのであった。今ではもう記憶の角目角目が男性一般の中に溶け込みかかってそれらをつなぎ合わせても昔の沢田岩男の像を再現することはできなかった。それにもともと松子は男性の偶像は祭壇に置いて、自分が踊る女であった。だから、今強いてその頃のことを思い出そうとすると、却ってそこには彼を背景として、その前で身も心もゴムまりのように大地に投げつけ踊っている松子自身の姿が現れてくるのであった。

そのころ二十歳で外国商館につとめていた松子はその前年女学校を出て農村の旧い家から半

分親を伴って上京したばかりだった。文学で育った頭の中にはまだ実人生で試みたことのない反抗心と空想とが寄生虫みたいに生きて出口を求めてうごめいていたがそれを試みる機会はまだなかった。それでいて、生活は痛切なものだということが文学から教ったのとは別な方面から文学よりももっと痛切にひびいて来はじめていた。

たとえば容貌について——少女時代には将来の問題だった容貌の美しくないことが年とともにだんだん近よって松子にはたしかめられて来ていた。女の華やいでいる東京に来て急にそれは切実に感ぜられ出した。心の美は顔の美にまさる。そんな戸籍素性の明かな者同志の間の哲学は、一人一人の内面生活に壁仕切のある近代ではとっくに通用しなかった。それに、顔は美しくても心が醜ければ結局醜く見えるという諺ほど偽善にみちた教訓はない。顔の美しいものは心も美しいように見えるからこそ顔の美に魅力があるのだとは松子がにがい逆の経験から得た結論だった。

松子は鏡のある会社の洗面所では決してそこに立留らないほど自分の容貌を恐れていた。臭い気狂茄子《なすび》の咲いている郊外の路傍にふと立って「この花は私だ!」と心激するままに運命を罵ったこともあった。そしてほんとうに素直に謙虚になるたけ自分の容貌に人の注意を惹かないために、地面や建物に似た色を着ようとも考えた。娘の派手やかさをうたっている着物に釣られて覗き込む若い男性に失望を味わわせることは自分だけが犯す罪悪だとも考えた。

そのくせ現実に自分の顔を覗き込んで苦笑に似た表情でも泛べる男があると松子は背に羽が

生えてそれが逆立ったかと思えるほどな憤りを覚えた。電車の吊皮でとなり合わせにそんな表情でも発見すると、それを絶対に宥さない所から生れる嗜虐《しぎゃく》でもっともっとそんな表情を露骨にして貰いたさにそれとなくその男のそばに寄って行った。そして電車の揺れにことよせてしなだれかかるようにしながら執こく男の顔を覗き込んではっきりした苦笑の手ごたえを求めようとするのだった。

松子はこういう娘として人間の海の東京に芥子粒《けしつぶ》にも劣る存在を置いていた。そして、こういう容貌の自覚がそれなりに青春のさし潮であることをだんだん自覚するようになっていた。娘たちが軽やかな夢や憧れで味わう青春を松子は重苦しい憂悶で味わった。ひとりでに唇が綻びて微笑せずにはいられない瞬間の代りに松子には一人激してくる何とはない憤りの瞬間があった。自分の向上が何か大石のようなもので押えられているという自覚が絶えず松子の中に暗い渦を巻いていた。それは容貌からくるものばかりでもなかった。

三十五円の月給の中から妾の住む二階家の階下一と間の間代十二円を払って五円で英語の夜学校に通い、のこりで三食を賄う生活には雑誌一冊買う余裕もなかった。松子はたまに夜店で月おくれの解放や改造を買った。そして一年前に大阪の労働組合大会から起った中央集権か自由連合かの問題の詳細を知り、世間より一年おくれて自分はA《アナ》かB《ボル》※かを一人考えたりするのであった。青春がひとりでに感じる本能的な飢と知的にひろがれない飢とが一緒になって、松子はいつも一つの空洞を抱いていた。それに、人並以上の情感を娘の中には浪打たせていなが

※日本の社会主義運動の２大勢力。アナ派＝アナーキスト、無政府組合主義
ボル派＝ボルシェビズム派、レーニン主義

松子は世間の知恵には全くうとい娘であった。

胸の眠っていた乳首が何かの営みをはじめて、何となく懐手でさわったりした年頃からこれまで、自分一身については「自分自身を知れ」といったような、「全宇宙を知れ」と言うのと同じ位むずかしい課題を置いて孜々と情緒や感情を蓄えて来た松子は一本の線の上をわき目もふらずに走って来たようなものだった。東京の混ぜ合っている娘達にひらけている親の知らない知恵の密輸入路のようなものには、今まで全然縁がなかった。

女学校の教師を一人の胸で堪らなく敬愛して恋愛すれば妊娠するという多くの小説からの結論で戦きながら便所でひそかに帯をといて腹を撫でてみた滑稽な大煩悶はまだやっと三年位しか前のことではないのだった。森田草平の「煤煙」もダヌンチオの「死の勝利」も読みはじめては巻を置いて松子は溜息をついた。その中心を流れている一つの熾烈な感情の部分だけは白い死んだ縞になって、経験のない松子には殆ど迫ってくる所がなかった。

知識としてその部分を理解するだけでは、ほかに興味の焦点のないこんな小説はよみつづけられなかった。自分も作家を志していながらその一つの資格が欠けているために、これらの読書は下痢のように松子の中を素通りしてしまうのだった。

こういう固い殻をかぶった娘をからかうために、商館の日本人の支配人がポケットから白い粉のついた薄いゴム製品を出してプッとふくらめて見せた。皆が忍び笑いしている中で当の松子一人だけは忍び笑いの仲間に入らず真正面から見据えた。皆は松子が知りつくしているために驚かないものとして何か囁いて笑ったが、その笑いの意味さえわからない松子だった。無知は即ち鈍感でもあった。松子は妾のすむ借間の便所に吊下っている硝子製の洗滌器を、ランプだとばかり思ってくらしていた。妾がときどき薬罐をもって便所に入って行くのを見ても食器をそんな場所に運び込むことの不合理以上にはさしたる感じも起らなかった。旦那は夜一二時間来てかえって行ったがそのとき階下に送ってくる妾が寝巻の丹前姿に変っている意味を、自然に頭に泛んでくる想像どおりだと断定することに長い間躊躇した。性の行動はどう考えても雷鳴地震を伴うような人間界の天変地異としてでなく日常事としてはいかにも承認できなかったのだった。

これらの事柄の奥行きの発見はそれへの均衡作用として松子が物心ついて以来のつみ重ねて来た一切の知識に大改訂を要求する力をもっていた。しかし、何を根拠としてどう改訂したらいいのだろう。

たとえば金銭に関した生活問題ならば松子には自分の経験に自信をもって何かたよって行く所があった。

松子は国で十二歳から小さい雑貨店を任せられていた。父母が田に出ているるすでも、学校からかえってくると鑵詰にレッテルをはり、黒砂糖の樽の中の固い塊をこわした。駄賃で町からはこんでくる車曳きから受けとった品物の元値を割り出し利益を加算して値をつけた。盆と暮とには当座帳から大福帳に掛売りをうつし取り、通帳に記入もれの分は通帳に記入し、通帳のない家には巻紙に勘定書をかいて村中にくばった。

松子の訪れる声をきくとことことねずみのように奥へ逃げ込む払いの溜った家があり、障子の破れからのぞくと今たべていた餅とふすま味噌とが炬燵の上にのっているのであった。しかしまたその家と同じような立場に立って母が卸問屋から責められることもあった。店の畳敷きの真中に白州にでも坐らされたように母が坐って身動きもならぬこなしで問屋の強い言葉に斬り込まれているのを見るのは、松子のたまらない恐れだった。

たまには、松子の配った勘定書をもってつぎつぎに何箇所か指さしながら「この種油とこの石油とこのなでしこ(煙草)は買った覚えがない。お前は子供だが、なかなか油断のならない所がある。おていさんもたのもしい娘をもったものだな……」と言ってくる人があった。松子は夏ならば杉の黒光りする帯戸のあけ放たれた奥へ大福帳と照らし合わせに行き、それでもわからないと鉄の金具のついた帳簞笥から和紙を長く二つ折りにしてとじた当座帳を探し出した。そして先方のいう日づけをめくりながら不覚な稚い涙を茶色がかった和紙の上にぽとぽと落した。

世間という空気にさらされて厚くなった神経で、自分も人からそのようなことを言われ馴れている相手は自分が平気でほうり出している棒片のような言葉が鼓膜のように破れやすい松子にどんな影響を与えているかそんなことは思いも及ばないのだった。

こうして松子は早くから金銭が人と人との間を律している力は知っていた。広い世間を見渡して結局それを得る競争が人生だったのかと結論したときには激しい幻滅で自分までがそれを繰返すために生きてみる必要はないと思ったこともあった。この村で誰かと結婚して生涯を送ることはできないと考えたのはこの法則の支配する生活の中に引き込まれないための必死な足掻きだった。

だが、その法則をのがれて出て来た東京で、松子は何を新しく見つけ出したのだろうか。一片二片の社会の見方や理論については耳学問や目学問もできた。しかし、松子の摑みたいのは全生活の意味だった。何ものによっても遮蔽《しやへい》されていない生活の姿だった。でき上った論理を承認する前に、この目でまずすべての真実を見たいのであった。

松子はいつか夜学も欠席がちになっていた。これから三四年かかって英語を仕上げてその英語の導くだけの幅の狭い知識の触角で生活の表皮を撫でて行くのはいかにももどかしいことだと思うようになっていた。それにもともと松子は飛躍する勇気には過剰していながら平坦を持続することに弱い性格であった。昇り坂か降り坂でない行路こそ自分には一ばんの険路であることがだんだん自分にわかって来ているのであった。

何とかして広い深い生活の真只中へ——そこにとび込めばあらゆる生活の真実にめぐり合えるといった真只中へ——松子は、うつらうつらとそんなことを空想しながら、開け放しの無用心な心でその三四ヵ月を送っていたのだった。

沢田岩男が松子のいる商館の理事の秘書として、著述の仕事をかけもっている理事の私宅と商館とを連絡するために、しげしげ商館に出入りするようになったのは、こういう微妙な瞬間だった。

松子は命令された人間のように選択する余地のなさで沢田に近よった。沢田はクリスチャンをやっと卒業したばかりで一寸した文才があるほか、これという学歴もなく、安い月給をとって、ボタンのとれたシャツに汚れたセルの袴をはいていた。

金銭や学歴に縁のないことが松子の今まで見て来た真理への逆説を満足させるのであった。ある程度に貧しいということは清潔な詩でありそのこと自体が一つの反逆ではなかろうか。それに沢田は内気で二十三歳の未完成で、向う見ずの勝気な松子には手頃な人生の稽古台なのだった。がそれよりも何よりも松子は、彼の中にある男性というものが見たいのであった。そして、十三歳から小説でよんで霞のようにとらえ所のなかった恋愛という感情を手にとってしげしげと見たいのであった。たとえばこんなことがあった。

新教徒か旧教徒かの宗旨改めのような険しい対立意識で検問され合ったA《アナ》かB《ボル》かの問題がまだやっぱり青年の間では、若い偏狭さで追求されている頃であった。二人も知合ったばかりのとき稚い口でやっぱりそれをたずね合った。松子は、ためらっている沢田よりも先にはっきりと誇らしげに「私はBですわ」と宣言できる女であった。所が沢田は何かの躊躇ののちに「僕はBがかったAです」とやや曖昧に答えるのであった。Bがかったという言葉の滑稽さが松子の腹の中をころがり廻った。松子は、そういう沢田のほんとうの所はAなのだろうと想像した。額が迫って目が腫れぼったい感情的な風貌もそれを裏書きしていた。とすれば、「Bがかった」をつけ加えたのはBである松子の気をかねたのだろうと思い、そう言う沢田の心の作為をすっかり見てとって、その上わ手に出て行こうとする自分をどうしようもないのであった。

それにしてもこれは恋愛であったろうか。恋愛にしてはあまりに振幅が少なくて質素な心の祭典だった。それでも松子はエレベーターの落下するときのような一瞬の眩暈を味わっているのだった。眩暈を味わいながらもう一つの性根では「この人を相手にして私は色々なものを見て置かなくちゃならない」と意識しないで自分にそう言ってみるのであった。心ののびたいの
びたいという一方的な本能は、心の尊厳や純潔を守る本能をいつのまにか追い越して、その不調和を省みる暇はないのだった。

倉田百三や有島武郎の恋愛観が世間で問題になっていた。二人とも何となくそれを論じ合った。どちらが暗示し合うともなく二人は自分たちの恋愛の片面に欠けているものを気にしはじめているのであった。沢田が沢田の気持でそうであったように、松子も松子の気持で不満なのだった。自然ななり行きとして松子は大したためらいもなく沢田の下宿に泊ることを約束してしまった。

「その真実を知る代価としての一人の女の肉体は廉い。みんなみんな無償で与えたとて廉い」

松子はそう思うのであった。それを支払うだけで自分の前には忽然と大関門がひらけるのだ。肉体が泥土に帰す位のことに何の悔があろう。

さすがに二三度その約束を松子はすっぽかした。石油の色が無色に見えたり紫に見えたりす

るように、この問題では朝夕に松子の心の色が変って見えた。しかし、結局それは自然にその潮がみちてくるのを待つ時間の意味だった。

ある夕方会社のかえりに支配人から言いつかった用事をはたした後、松子はとうとうあるはずみのついた足どりで沢田の下宿になっている下駄やの二階をたずねた。

沢田はおよそ松子のくる時間をはかって木綿のうすい床をしいて寝て待っていた。松子には思いがけない露骨さがそこにむき出していた。男がねているということのいやらしさを松子は生れてはじめて見るのであった。彼のきている丹前も掛布団も掛布団の縞もそのいやらしさにすっかり浸り切って充分にいやらしさがしみついてそこに波打っているのであった。松子は布団のわきに余っている畳の上に坐ることさえ人生的な重大事と思えてクリスチャンからとめどもなく引返して来たこの男を突立ったまま見下すのであった。

松子は、彼がかつて信奉したキリスト教の意味を考えた。それは、今の放恣をより放恣にするためそれを蓄えておくための自己拒否であったのだ。

松子は、沢田がいかに人間拒否的なクリスチャンであったかという話として、彼からきいたこんな話を思い出していた。

彼と朝鮮で一緒に住んでいた腹ちがいの長兄は鉄道の検車係だった。検車の危険な性質からいつどんな災難があっても覚悟はできていると言い、その危険を前もってなし崩しに償っておくような口実で薄給の中から酒をのんだ。教会の模範信者でいずれ東京の神学校に派遣されるものと嘱望されていた沢田は勿論禁酒同盟の会員でもあり腹ちがいからくる本能的なものもまぜてその兄の飲酒癖に反感と憎しみを抱いていた。

彼は台所に行くたび同じ壜のどこか辺に筋を上下させている酒の分量を見のがすことができなかった。とうとう心に勇気が充ちたある日思い切ってその悪魔の贈った水を流しへガボガボと流してしまった。嫂《あによめ》の注進で目の色をかえてとんで来た兄は大男の沢田に似ない五尺せいぜいの小男だったが、家長の威厳の力でその場にやすやすと沢田を取りひしいだ。そしてこれも腹ちがいの復讐心とキリスト教への反感とを腕にこめて、

「アメリカの酒なら流せ。フランスの酒なら流せ。ドイツの酒なら流せ。日本の酒はおそれ多くも天皇陛下がお許しになって作った酒だぞ。貴様に流す権利があると思うか。国賊め」

と沢田の首をしめた。大女の嫂が来てその腕をねじ返すまで兄はその手を決して緩めようとしなかった。が弟もまた決して謝ろうとしなかった。神が見て嘉《よみ》すのを待ってじっと首をしめられていたのだった。

沢田の人間拒否の中で気ままに育って来た放恣にはどこかにまだ痩せた精神主義の匂いもぷんぷんしていた。自分もほかの道から似たり寄ったりの線を歩いて来た松子には沢田のそんな部分は必ずしも気にならなかった。しかしこうしてねている沢田を見ていると、その精神主義のやせ方にふさわしく放恣もどこかやせて見えてくるのであった。

いろいろな会話があり時がたった。松子はかえるとさっきから言いはっていた。そのくせか

えれなくなる時間にめぐり合うためにじっと耳を澄ましている時間であった。時計の針は深夜の十二時を越えて虫のように這っていた。時々頭痛のようにひびいていた市電の音はきこえなくなった。

松子はいつのまにかふるえ出していた。人につかまれた小鳥のような恐怖が松子を純粋にしていた。せめてそれが憎々しい自分の連続の中の一瞬の可憐だった。

男は松子のくるまえ予め考えておいたそつのない手順で眼鏡を外して机に置き、電灯を消してから松子の帯をむりやりにときはじめた。そして固くなっている松子を床の中にひきずり込もうとした。松子は力のある限りで抵抗した。抵抗しながら抱きついて行ったマスロワを思いながら。それは、女が身を護るとき出てくるあの奇蹟のような力での抵抗ではなかった。抵抗しているということを自分につたえるだけの余裕をもった抵抗だった。

抵抗が徒労に終ったとき、松子ははじめてほんとうに肚を据えていた。しかし彼女のそばには、尚クランクを廻してこの場を撮影しているも一人の松子がいた。

松子は抵抗しているときから彼のふいごを押し引きするような荒い息づかいに驚いていた。小学校の運動会で青年会員がマラソンからかえって来て校庭を一巡したとき見たまざまざとした呼吸の苦悩を松子は思い出した。それは女童の心にも男性の切迫したあらあらしい生理がせまってくるような、見ていて息ぐるしい英雄的な苦悩だった。

松子は今の息づかいの相似がたまらなく心配になって、

「どこかお悪いのじゃありませんか。どうなさいましたの……」

と沢田の顔を暗がりにすかしてみる馬鹿であった。こんな日常の圏とは別の圏にいる沢田は、そんな愚問には答えもせず、やはりなにか英雄的に見える息づかいを昂ぶらせていた。その息づかいのかげを何事もない何分かが過ぎた。「案外何でもないのか」とほっとしかかって張りつめた力を落したそのときであった。――

松子は、思いがけない馬鹿力で沢田を思わず突き刎《は》ねていた。松子が漠然と予感して苦にしながら覚悟していた野卑に何百倍する下劣と醜悪とがそこには目のない動物のようにうごめいていたのだった。

「ああやっぱりこうだったんだ」

醜悪そのものを刎ねのけるように沢田をはねのけながら、松子は、こういうことが高い人間精神のもとで行われ得るということを疑った。むかでのように這いよってくる沢田をはねのけはねのけ、松子にたたかいだった一夜はあけた。松子は一年後に沢田から告白をきくまで、この夜沢田の行動は松子の拒絶によって中止されたものと信じていた。そしてそのことに何かの勝利を感じていた。高い所へのぼってときをつくる鶏のような心地で朝憔悴した彼を見下していたのだった。

この日から、松子は人一人なしがうしろにつれている影の意味をつきつめた心地だった。そして花や蝶のたわむれている恋愛とその背後の泥濘《ぬかるみ》とのつなぎ目を探すのに苦しんだ。この泥濘を泥濘と考えずに平気で跨ぎ越えている人間の日常を松子は以前以上に見当のつかないものと考えた。

幻滅は自分の一つの進歩だという考え方も松子にはあった。しかし、なぜこれだけの幻滅を味わうためにあれだけの体当りをしなければならないのだろうかと考えると、あらゆる困難を体当りで決算しようとする自分の将来に微かな恐れと不安を感じないわけには行かなかった。

松子は急に沢田から遠ざかった。体当りの傷が疼いて夜も昼もそのことにかまけていた。そのくせ、あの行動が、自分の中の清浄にかすり傷さえ与えなかったことを信じるのであった。自分の清浄は、あんな事実の手のとどかない高さにあるのだということを信じて疑わなかった。松子にとって終焉だと思えたあの夜が沢田にとって開始だったのは当然だった。しかし、沢田が涙を流さんばかりにして誘っても、もう再びあの泥濘に浸ることはできなかった。

松子が、宵に皆のかえる一ばんあとから商館の鍵をかけてビルディングの表に出ると電車通りの向う側のとじた銀行の入口の暗い扉にはりついている黒い毛皮のような影がこちらを向いて歩き出してくる。当惑と恐れで松子はそちらを見ながら立止って今は彼に向いた心のふたがかい、かちりと閉じてあかなくなったことを感じるのであった。しかし、沢田は松子をどうしても自分の下宿につれて行こうとした。

時には屋台店のウィスキーの匂う乱れた表情で「はしはし歩け」と戻りの松子を追い立てた。人かげ少ない今川橋の百貨店の前で沢田は歩き渋る松子を、とげられない感情に任せてたたきのめした。今まで誰にも属していなかった松子の所有権が漠然と沢田のものになっていることは松子のわからぬ驚きだった。とはいえ、松子の芯では彼のそんな観念など歯牙にもかけていなかった。ただ、松子は、自分のしひろげてしまったことの辻褄を合わせなければならなかった。下宿へ松子をつれて行くと沢田はすぐに袴をぬいだ。自宅へかえりついたものの最初のしぐさとして理屈でいえば自然な行動であったが、何故かそのしぐさは松子の目をひいた。しかし別にそれを解釈しもしなかった。沢田は松子を抱いたりしながら悪ふざけのかげにかくれて松子の体を畳に押しつけた。そして跨って「ね、許しなさい、ね」と耳もとで囁いた。

何かの危機である意識は勿論そのとき松子に生れていた。しかし、「許しなさい」という文学的な表現は小説の上でこそよんだことがあったが実際の人間が使う場合には謝罪の意味でしか松子はきいたことがなかった。

松子は沢田が道の途中で自分を打ったことなどを悔いてそう言っているのだと思った。だから押えつけられながら「えええええ」と顎で素直にうなずいて許容を表現するのだった。

するとその一言で沢田の血が急に激流に変った。松子は「あっ」とその手ごたえに驚きながら自分の知恵がその拍子に一尺も急に伸びたように感じた。彼女はこんどはほんとうに真剣に沢田に抵抗した。彼に上皮を与えたその下からほんとうの処女性が生れて来ているのだった。命をかけても守らなければならない女性の珠を今の松子は持合わせているのだった。

ある時も沢田の下宿へつれ込まれた松子はちょうど沢田を待っていた沢田の友人がいたこと

に救いを感じた。この男は前に沢田と同じ教会に属していた信者で後に牧師となり、地方に赴任したある牧師の妻を妊娠させたことで教会を追われてから紆余曲折ののちB《ボル》になっている男であった。松子はこの男がかえるとき一緒に表に出てしまってきょうは沢田の攻撃を防ごうと考えていた。そうして、その計画を不自然でなくするためもあってある程度に親しく彼に話しかけた。計画はそのとおりに行った。いくらかの嫉妬と不満とで階下まで送り出た沢田をむりにそこにとどめておいて松子は電灯の光にみちた神田の通りを男と並んで歩いた。男は自動電話のかげのくらがりにさしかかったときいきなり松子の手を握った。生牛肉を握らされたような不意な感触に驚いて手を振放そうとしている松子に、

「行きましょう。ね。僕いい宿屋知っている。貴女金ある?」

と彼は囁いた。

「ああこれもまた何と驚くべき事実だ」

松子は呆れて動悸を覚えながら人ごみにまじって行くのだった。

白いものに黒い字がかかれるようにこれらの経験はみんな松子の性格に記入されて行った。

こんな生々しい経験の解説をもって妾の間借にかえって行くと今まで謎で結ばれていた一つ一つの結び目がとけて日常事の中に繰り込まれて行くのだった。

妾の旦那が来て松子の室を階段口へ斜に通り抜けることがそこに強い線をひいて行くような強いはっきりした意味となった。彼がそこをとおり抜けるときよく握らせる一円二円の金の意

味も複雑な意味あいの料金のように思われて来た。その金を、松子は気の弱さから辞退もならず捨てる気にもならず急にその金のしまい所が室中にも体中にもなくなって当惑しながらいつまでも握っているのであった。

松子は妾にたのまれてよく商館の電話をつかって旦那の本宅へ呼出し電話をかけた。本妻は子宮を切除した女だということを以前妾が軽蔑まじりに打明けたことが、以前となにかちがった種類の想像の中へ松子を誘うようになっていた。松子は電話をかけて受話器の底に本妻らしい声が現れると子宮のない空洞から声がひびいて来たような実感を感じて、ここにも思いがけない人間関係がこういう事実を挟んで成立っていることを思うのだった。

こうしてせわしい自分の編成がえのかたわら、松子は沢田との関係にほとほと当惑していた。自分がかき立ててしまった相手の情熱の始末は、二十歳の小娘の手にあまった。松子のような娘の一つ覚えとして、松子はよく手紙をかき、自分の気持の経過を告げて許しを乞うた。しかし、それは相手の了解すべき事項ではなかった。かえってクリスチャンあがりのBのあの友人にでも教えられるのか、「自分の無智から処女を遇する手段を誤ったため云々」と泣かんばかりに書いて来た。またたずねても来た。彼は生死を考えるような失意と焦躁で狂い廻っているのであった。

沢田の人目かまわぬ追求はこの頃商館の評判になっていた。松子の沈んでいる悶々とした姿と照らし合わせて人々は松子のうしろにある真相を見たように正確に指さした。人生のこの面には幾とおりかのきまった軌道があり、松子もその軌道から外れていないことを、かえって外界の反射から松子はよみとるのであった。

松子はある日外人に二階によばれて二人の間の真相をたずねられた。よく来る外人の友達でドイツ語のRを日本人一般の習慣どおり流さずに音を立てて発音する老人の私大教授がそばから、

「一体もう女の操を許しちまったのかね。どうも男の追いかけ方が普通でないが——。もしそんなことだとすれば大変なことなんだよ。え？　君わかっているのかい」

彼は外人のいうことの通訳顔で松子を見た。女の操——女の操——松子は思いがけない高価な言葉を安直にきかされた驚きで、少し面やつれした顔に目だけ負けぎらいに輝かせながら相手を見た。

「ではこの人の考えでは肉体と女の操とは同じものだというのか。そういう男自身掃きだめのような女を金で買いながら、テンとして社会を通行している意味を何と解するのだ」

松子は、そう思って軽くあしらった。がまたあとへ戻って、ではこれも不品行の一種類だということになるのか——とやっとそんな常識もあることに思い至るのだった。

「ああ、自分の肉体の清浄まで投げ出して一人の女が人生の幅と深さとを実験しようとした悲願を誰が一体わかってくれるだろう」

前大戦後の革命ドイツから来た外人は、ハウプトマンの写真などに見入っているひたむきな松子を可憐がり、よくラテナウ暗殺の日の伯林《ベルリン》の光景なぞわからない手ぶりで話してきかせる

面白い人柄だった。

「ゾチアリストよろしい。アナキスト悪い」

彼は自分の考えを単純に言ってすみれ色の目で松子を見た。

そして彼は言った。一ヵ月の休を与えてやる。家にかえってかくれて居れ。もしその間に彼が来たら休暇をとって国へかえったと言ってやろう。理事にもそのことを含めておく。それで諦めて熱がさめかかったら、再び貴女がここに現れても今のように追廻しはしないだろう――

松子は感謝してしばしの間妾の家にとじこもった。その間に一度沢田は間借の方にたずねて来たが折よく散歩に出て不在だったので妾が同じ嘘をうまく吐いてくれた。

松子は沢田の来訪をさけるためもあって少しはなれた図書館に通い出した。しかし自分で描いた現実の印象がともすれば文字の下に地紋となって現れた。万巻の書をよみ終ったあとで、一冊の書を読もうとしているようだった。松子は文字を追わずにこないだのできごとを何十ぺんでも頭でくりかえした。

自分が沢田に惹かれて行った意味。そのプロセスで成立って行った一つの詭計。失望嫌悪のどんでん返し。松子はどう考えても是非善悪を越えて、それが自分の人生観と性格とのどうしても通らねばならぬ道だったとしか考えられなかった。道徳が自分を捕縛して裁判しようというなら、いつでも裁判されてやろう。その縄目の間から、自分の生命力は伸びて行くだろう。

その一ヵ月はたった。松子は人目に顔をさらさないですむ別館の事務へ廻された。そしてまた何ヵ月かたった。世間知らずでお人好しの沢田はすっかり松子の帰郷を信じてそれっきり手紙もよこさなかった。あんなことがなかった以前と生活はちっとも変らなかった。しかし、あの記憶はやっぱり生のまま松子の中に大きい座を占めていた。時間の経過にしたがって枯れて乾いて行くという変化がなかった。

そして、松子はその頃、ふしぎな肉体のめざめを経験していた。自分が生れたときからそなえて育って来た感覚のほかにも一つのもの柔かな快い感覚が皮膚の下をひそかに流れていることを、人にも言えないような滑稽な機会からふと発見したのだった。

「おや」と思ったそのときから松子はその感覚がたまらなく気になり出した。それはどんどん育って行って松子の肉体の中に緩急していた。倦怠のような焦躁のような快さでもあり、時にはいわれのない苦痛のような感じでもあった。今までにも自分の生命は生きて燃焼していた筈であったが、自分が生きて燃えているという実感を松子はこの頃しみじみ味わうのだった。

それにつれて粗皮だった自分の情感が何となしになめされて行くのも手にとるようにわかった。松子は今まで真紅やブリューの激しさと白の純潔だけがわかって紫やピンクの柔かさのわからない女だった。羽織の裏にまで白をつけて清潔がったり、花といえば、桔梗でもフリジャでもやたらに白を買って紫は頽廃しているときめてかかっていた。

「頽廃がわかってこそほんとの純潔もわかるというものだ」そこまで思い辿って行った松子は、感慨深く頭をあげて先日来のことを一からげに思い起し、

「いま私は生れたのだ」

と心からつぶやいた。そして、心を剝がれるような悔いと凱歌をあげたいような喜びとをごっちゃに味わうのだった。

それと一緒に何とはない孤独が急に押しよせた。今まで一人生きることに事足りて生きて来た松子に、「こんな筈はなかった」とこの頃ときどき思う瞬間があった。自分が一個の半分である意識に責められているのであった。すべての女がその半分を求めているように自分も求めているのにふしぎはない。とはいえその半分を沢田と定めているのかと思うと松子は激しい懐疑に陥った。あくまで抵抗した。男と女がただ一と通りに愛して結びつくということでそれでよいなら、自分と沢田との関係もそのままで世間を押しとおれるものではあった。しかし、松子は、沢田の肉体の内側を見せつけられた瞬間に今まで男性一般の中に概括していた男性一人の全内面の内訳を見てしまっていた。

今思えば愛し合ったということで終りになる小説や映画には大きな虚偽がある。物語はそこから始まるのだ。男と女が普通に愛し合えるということから出発して、も一つの関門をくぐり得る愛情だけが生き残るに価するのだ。そう思うとこの孤独に負けて途中で降参するわけには行かなかった。

とはいえこんなもだもだの間に頭上高く掲げて来た成長の旗印はいつのまにか降りてしまっていた。外界の生活を敏感に触感するメートルの針も停止している。自分はどちらへ向けて歩いているのかわからないような昏迷の瞬間がときどきあった。

松子が住んでいる京橋から近い茅場町の停留所で、ふとばったり沢田と出逢ってしまったのはそういう時期であった。

松子は我ながらやすやすと沢田の下宿につれられて行った。そして言うも無残なほど沢田の前に崩れた。醜悪や下劣を醜悪や下劣と感じる神経はちっとも減っていないのに、その醜悪を沢田と頒け合っているのだった。ひょっとすれば自分の人生実験が復讐されているのかも知れないと思った。そう思いながら立直ることはできないのだった。

しかし、そういう自分を見ることにもう一つの満足はあった。人間がかかるものなら、それも自分は見ておこうという意識がそこに働くのだった。普通の平凡な男女の一組として松子は自分の行き過ぎをひとりでな力で訂正しているのだった。

悶々としながらその後の半年間はその落下運動の一とつづきとしてとめどもなく矢のように走り下った。何もかもがその生活の中に埋没してしまった。外人の庇護に合わせる顔がなくて商館はやめてしまった。沢田もやっぱり気まずく秘書の仕事をはなれた。妾の室にも決まりがわるく居られなくなった。

二人は小さい二階がりに藁屑の入った新しい七輪や糸底のざらざらする茶碗などを買ってははこび込んだ。はじめのしばらくは、便所の扉の割れ目から中の松子を沢田が覗いたというので二三時間も泣いているような松子だった。しかし実生活に立向うと松子は沢田のとうてい立向えない姉程の資格を現した。夜店の屋台と屋台との間の地面に五銭十銭のパンフレットを置いて、それにかいてある改革理論を演説しながら売るのを思いついたのも松子だった。有島武郎に金を貰いに行き、一寸した印刷物をつくってそれを広告代や寄付金を貰いに行くことも松子が考えて沢田を追い立てた。沢田がいやがると松子は自分で男にまじって出かけて行った。家賃や出前料理の代金など「よく払うやつは裏切者だ」という理論がとおる社会の中に二人はいつか入っていた。男女が握手のように簡単につながってその手を離すように簡単に離れているその社会の価値倒錯は、松子の生きる意識には便利だった。ここには自分の生きる姿のうつる鏡がない。しかもその極限のとことんまで人よりも極端に押し進むのが松子の性格らしかった。肉体と心はそう距《へだた》って住むことができるものではない。肉体を地上に置いて心だけが空翔けるという空想の青臭さ。これも松子がこの頃発見した平凡な真理であった。肉体も魂も一緒にまみれて行くのだと松子は自分に勇ましく言った。が自分が沢田を愛しはじめていることに気がついたとき、自分の成長も何もかも終ったという意識で泣けて泣けて仕方がなかった。

愛情が毎日を麻痺させて行く力はふしぎなほどだった。松子はその麻痺に抗しながら、今まで自分の成長の道の妨害者として扱って来た沢田を、いっそこんどは自分の堕ちる道の妨害者だという仮想でつくり上げようとしていた。思えば沢田が自分にとってあたりまえな人間であることは自分の人生実験には何の価値もないことだった。

「ああ彼さえいなければもっともっと堕ちて、女の生き得る地の果を極めてくるものを」

松子は、そういう関係に身を置いてこういう歌でもうたいたいのであった。しかし、現実は、松子をたのしませるほど非凡ではなかった。松子は日に日に平凡で貞節な妻となって行きながら一方では一所懸命でそれに抗した。結局一年あまりして、どの夫婦にも愛情の立て直しのいるある時期に松子は一寸したきっかけをつくって逃げ出した。

その後の幾変転の間に松子は四十歳を迎えた。松子はその後の生きる足掻きの中でも絶えず人生実験をしつづけて来た心地だった。そして調和と深みの現れるべき四十歳になっても迷多い未完成さで同じ成長の歌をうたいつづけているのであった。

終戦の翌年松子は沢田と別れるごたごたから二十年ぶりにひょっくり手紙を貰った。その前、沢田は松子と別れて何年目かに、多少世間に知られて来た松子と自分との関係を告白体にして読物雑誌の記事にしたことがあった。松子は恥辱の中にも、彼がそれで慰むなら自分は何も言うことはないとだまって見ているより外仕方がなかった。そのことがあるからではないけれども松子は、こんど沢田岩男という心覚えの筆蹟を見ても格別な明暗は感じなかった。

ただ自分が生きる途上で彼に割振った不幸な役割を思いかえして、その負い目がちっとも減っていない感じをもっただけだった。それは永久に何をどうしても返済することのできない負い目であるらしかった。

手紙はひらいてみると次のように書出してあった。

「御無事で御活躍結構。自分は満州で生死の境をいくどもくぐって命からがら一昨年のくれにやっと東京に戻った。自分はもう昔の食うや食わずのアナキストではない。しいて主義を詮索するなら資本主義という主義かも知れぬ。若くておとなしい妻も得た。よけいな事だがお前さんより別品で従順だ。……」

彼はそれからかきつづけた。自分はある品物のブローカーで若干の金をつかみ出版にのり出してやや成功している。多分御承知の雑誌「レディ」は自分の刊行によるのだ。——松子はそこまでよむと溜息をついた。

彼と別れて二十年たって、もう自分の生存の根と彼の生存の根とは細い根一本絡んでいるわけでもないのに、「お前さん」とよんでいることや、ずけずけと書きつらねてある失礼な文言からくる苦痛などはまだしも大したことではなかった。彼が出版屋であるために、同じ社会に立ちまじるだろう当惑もまだしも忍ぶことはできた。しかし、彼が「レディ」といういかがわしい雑誌の発行者である事実は、松子には何としても嚥《の》み込むことができないのだった。松子には、いつのまにか、松子自身がその「レディ」の発行者であるような辛い錯覚が起っていた。それは、沢田という人間の性格が松子の手によってつくられたような責任感から生れてくるものだった。一度肉体の接触を持って、何かの思いを与えた男性は自分の生んだ子供と似た思いで思わずにはいられない切ない母性本能のようなものもそのかげにかくれているらしいのであった。

自然に激したその瞬間が去ると、松子はまた考え直していた。自分もこの年になって、いささか生活の多様にも触れ、生活を貫く倫理のやむを得ない多元さをも存在するものとして承認して来た。自分があの頃どれだけ熾烈に没義道《もぎどう》に彼の生存の葉や根を痛めてまで自分の生きる場をひろげたがったかを思えば、彼がいま中年の夢砕けた身でそれ相応な生きる道を求めたとて、自分にそれを抗議する権利がどこにあろう。

松子はまたその手紙をよみつづけた。

……ところで、用事というのは外でもないが、昔の誼《よしみ》にぜひレディに原稿をかいて貰いたいのだ。問題は「わが夫婦生活を語る」と題して枚数はこれこれ、時世も時世だし、雑誌の性格も性格だからうんと思い切った所をたのみたいのだ。云々。

ああ。ああ。松子は夫の旅行中にこの手紙を受けとった。以前告白文が出たときの夫の激昂を思うと、一徹な夫が不在だったことは何よりの僥倖《ぎょうこう》だった。

松子は原稿はかけないとかんたんにかいて宛所をうつしてから手紙は封筒に戻して、破りもせずにそのままばちゃんと便所に投げ込んだ。過去よ迷わず成仏しておくれ！　という切なる祈りをこめて。

所がまた間もなくのある日松子はこんどは沢田の名刺をもった中年男の訪問を受けた。男は胸が酒にやけて、文化的な仕事にたずさわる人間の顔つきではなかった。用向はやっぱり先日の原稿をぜひかいて貰いたいということであった。

その日には襖一枚へだてた室で夫が机に向っていた。その夫を意識すると松子はやはりいくらかあわてて断りを言う言葉もひそまった。男は松子のうろたえを見てとるとかえって落ちついて穴のあいた中折帽を倒《さかさ》に置いた。その穴から畳の目が見えた。

「社長はやっぱり貴女にかいて頂きたいというんですがねえ」

という言葉つきは一応普通だった。が、この場としては唐突な「やっぱり」という言葉を繰返している所に沢田のよこした手紙の重味がかかっていた。

「原稿は私かけません。……そう言って下さい。ああいう原稿はこまるんです。そんなことがあなた方にはおわかりにならないのですか」

松子はしどろもどろながらに襖の向うの夫と訪問者との間を神経で幾往復もしていた。男は眼尻で松子を見るようにして静かな調子で失礼だけれどもそう通り一ぺんな断りようをされる間柄ではないときいているが……と言いはじめた。

松子は、日本の女の、愛情と偶然との切羽つまった場面として「玄冶店《げんやだな》」をふと思っていた。今でさえ淫蕩な風習がのこっているという木更津の封建時代に愛欲の中深くもぐることに生活のはけ口をもとめた町家の男女。松子は迂闊でそのときの与三郎の立場もお富の立場もよくは知らなかった。知らないながらこの男の帽子の穴を見たとき何かぴたりと言い当てられたような感じで蝙蝠安の頰の刺青を思わないわけには行かなかった。そして、自分はお富じゃない。断じてお富でなんかある筈がないと誰にともなく叫んで心の中で地団駄をふんでいた。

「その問題はその問題です。原稿の問題は原稿の問題です。一緒にしているのが第一おかしいじゃありませんか」

と松子は必死だった。男はやっぱり落着いて体をよじった。そして襖のたてつけの隙間から黄色に洩れて見える向うの陽の当った室をすかし見た。

「御主人御在宅のようですねえ」

彼がそう言ったとき襖は向うからあいて夫が真黒な姿で金屏風のような光の背景の中に立っていた。

「居るよ。何の用事だい」

と言った夫の手には床の間にたてかけて置いた長い古刀が握られていた。先日知人が夫の知合の研師にたのむために置いて行ったものだった。松子は驚いて、

「あなた!」

とそばへ寄って行こうとしたが、何となくそばへ寄って行けない圧迫が彼の全身から放射していた。

男はふためいて穴のあいた帽子を手にもったまま表に出て行った。それなり室に戻って何かの坐像のように夫が机に向っているのがあけ放しの襖から見えた。ペンが紙の上にころがったままになっていることの意味が松子に痛くひびいた。松子はそこに突立ったまままいつまでも深い息をして硝子戸の桟を見つめていた。今の男の帽子の穴を手がかりにしてたぐって行くと沢田の求めているのは原稿ではなくて案外金なのではないかと思えた。しかし、曲りなりにも大

資本のいる出版をはじめている沢田が、その日ぐらしの松子より金がないとも思えないし、仮にそういうことがあったにしても、このいやがらせをやめて貰うために金を払うことは思いがけなかった。ではこの問題では何をどうすればよいのだろう。

松子は室にもどってくると、夫との間にも決済しなければならないものがあるのを感じた。この行きがかりについて夫がいかに了解していたとて、沢田が発散して二人に嗅ぎとらせようとしている嫌味がここに発散されている以上二人はその嫌味を嫌味として嗅ぎとってしまっているのだった。それに夫婦の気持はこんなときには何も後楯のない吹きさらしに立っていた。彼の来訪も自分にとっては結局夫婦間の問題に置き直されるのだと思うと、沢田の目標が何であるか見当のつく気もするのであった。

過去の亡霊よ。こんなことがなくとも松子は四十を越してから何となく背中に自分の見えない文字が記してあるような感じに囚えられていた。それは自分でもまだ裁きを与えていない過去を背負っていることからの感じなのであった。松子は中年を迎えてやっと生きる手続きを一応完了した心のゆとりで、少しずつ若い日の生き拡げた生き方を反芻して、それなりの決済を与えたい気持になっていた。特に沢田との結びつきについては、心旺《さか》んなときには旺んな向う意気で、彼との勝負は互角だ。彼に負い目を負う理由はないと思いもし誰かに負い目を負うとすれば体当りに傷《きずつ》いたこの自分に対してだと思った。ソニヤ・コヴァレフスカヤ※も国境を越えるために偽の結婚が必要だった。自分も日本の女をかこむ無形の国境を抜け出るために沢田が

※ロシアの女性数学者（1850-1891）。

必要だったのだ——と。

しかし、自分も体当りで傷いていたからとて、沢田の人生途上に加えた生体解剖の無残を自分に宥す論理はなかった。そうして、結局、一人の女をこんな体当りにはしらせた時代そのものに向って何かいうより外仕方がないのだった。

ここから話は先日のことに戻る。沢田の家を思いがけない所に見つけた日から、松子にはその横丁がとおれなくなった。数日間は室の中に坐っていてもその方角に向いた肩に重い凝りを感じていた。それが鈍い頭痛になったり歯の痛みになったりぼんやりした重苦しい物思いに変ったりした。

しかし、生活は種々な雑事に押されてすすんで行った。それに沢田がわざわざここを選んで来たという保証もないし、考えてみればもともと沢田の家の前がとおれない理由はなかった。その上、松子はほんの一部分の心では沢田の家の前がとおってみたかった。彼がよい妻を得たという手紙には通り一ぺんでない祝意が潔く心の中に湧き起っていた。一度縁あって一つとなってから別れて離れ離れになった男と女の心の陰影は人にきかれても一寸言いようのないものだった。勿論杜絶した相手に告げることはできず今の夫に頒つことは尚更できない思い出が季節の変り目変り目に古創《ふるきず》の痛みのように思い出せてくるのだった。

松子は彼の所をとび出してから軍籍のある彼の奉公袋が自分の荷物の中にまぎれ込んで来た

のを知ったとき、これを持たずに点呼に出たときの沢田の当惑を思い、軍規に明るくない無知も手伝って懊悩《おうのう》した。といって彼にそれを郵送することは、彼に自分との間に道をつけてやるようなものだから、絶対にできなかった。彼が某名士をゆすって監獄に入ったときいたときにも彼の何度目かの妻が他人に奔ったときいたときにも松子の心は暗くなった。二人でさまよった迷路からとにも角にも自分の進路を見つけ出した松子は沢田の悲しいたよりをきく毎にたずねて行って彼の肩の一つもたたいてやりたかった。しかし、それはいわば松子の心にある沢田の動かない写真に対してだった。生きて彼の思想の匂のする息をし、彼の思想の声音で喋っている彼を想像すると松子の心はぴたりととじた。彼の中にある自分の記憶まで剝がして取戻したかった。

ある日、松子はその横丁を通るとも避けるともきまらない不徹底な気持で駅の方から歩いて来た。一人いるとき紡ぎ出される情感の糸がしきりにつむぎ出されて、体温と同温度の湯の中を歩む心地で歩いて来たのであった。

彼の家の方に曲る角はレコード屋で、その一軒前に大きな果物屋があった。ときどき湿気の多い風が吹いてしるこ屋の暖簾《のれん》がばたんばたんとおどっていた。

松子は自分の裾を押えながらいくらか目を細めるようにして果物屋の前に立っている男女を見据えた。男がどうやら沢田と思えるのであった。

それが沢田だとすると女は沢田の妻にちがいなかった。松子は当惑でいくらか足をおそくしながら目だけを二人の姿にぴたりとつけて歩んでいた。

それは沢田だった。いくらか皺が多くなり頬が削りとられていたがつきつめた生活をしない彼の性格には実生活の苦労も徹って行きようがないのだろう。松子と一緒の頃にも沢田は松子の年下のように思われたほど若く見えたがその頃からいくらも変っていなかった。

彼は派手なダブルブレストの洋服に抱え切れないほどな買物包みをかかえていた。彼の妻は黄色に統一されたこれも美しいお召のきものと花の地紋が陽にきらきら光る空色めいたぼかしの羽織をきていた。年齢はおよそ沢田と十五歳もちがうかと思われた。松子はますます当惑した。松子は夫の志川に沢田のことでいやな思いをさせることを何より辛いことに思っていたから、この場合は自分の思いを沢田の立場に移して思い遣られるのであった。こんな風にして出逢うことを沢田が妻に対してどんなに気まずいか、松子には、そのことがうずうずするほどであった。

「彼が自分の家庭のことなど考えてくれない先夫であっても、それなら尚せめて自分だけでも彼の家庭のことを考える先妻であってやろう」

松子は引揚以来の見舞や原稿問題のごたごたなどについて一応声をかけたいと思ったがやめることに心をきめた。松子は、どういう表情をしてよいかわからない気持でそこを通りかかった。言いようのないつなぎ目でつながった三人がそこに出逢っているのであった。別れた男女がいっそ憎しみ合っていないとは何と不幸なことだろう。それは他人でもなく敵でもなかった。その上何でもない同志では絶対にないのであった。

松子は人生実験のつづきがまだつづいている実感で何か冷酷に退いて見ようともしながら、心の中で二人の関係に触れていた。水のような、植物の体温のような微細な温度が二人の間にまだ存在しているのであった。

松子は目で沢田に挨拶した。二人は果物を買って包みのできるのを待つ間らしく妻の方が店員のそばに二足三足寄って行く所であった。その暇を盗むという程ではなかったがせめて不必要な注視を受けたくない気持と妻に自分を知られないですむならすませたい気持とが働いてあわただしい目礼を送ったのであった。

しかし、沢田の方から声をかけた。

「おや！　しばらくだったね。今家へかえる所？」

松子はうなずいて見返しはしたが足はとめていなかった。この一言の中に沢田が松子の近くに住んでいる意識を見た気がしながら。

沢田は歩いて行く松子を追って行く目つきでしばらく見ていたが、急に鋭い声でよんだ。

「松子！　一寸話がある」

松子は歩いて行く足に号令をかけられたようにびくっとして立止った。

「そうよそよそしなくてもいいだろう。こないだの手紙のへんじはありゃ何だ。言葉の使いようもあろうじゃないか。それに、使いにだってよくもあんなことができたものだ。俺を何だと思っているんだ……」

「原稿のことなら勘弁して下さい。あれだけはむりというものだわ。書くことはいわば公のことですもの。いくら貴方の御希望でもかけないこともあるわ。そのことはよく手紙にかいてあげたでしょう。あのとおりなのよ……」

「通り一ぺんのことを言うな。そんなこと位俺だって知っているよ。お前に誠意があるんならあの位のつき合いはしてくれてもいい筈じゃないか」

「誠意の問題じゃないわ。あれだけはどうしても私にはかけません。絶対に。それがわからないとすれば貴方の方がどうかしているのよ。ね、そうでしょう。二人だけの間ですむ義務ならきっと何とかして果たしていたわ。……」

泣きそうな顔で財布を覗いていた彼の妻が仕払いをすまして出て来たので三人はゆっくり歩きながらレコード屋の角を曲った。

松子は沢田が買物を持っていない右手で空中に車輪を描いて、くるくるっとときどき廻しているステッキを見ていた。沢田がそばへ寄ってくるのでその車輪は二人共通の輪になった。白い石ころ道を何かの白い花のまじった生垣がふちどっている風景が、その輪の中に丸く区切られて行った。歩速度にしたがってその輪の圏が生垣の上を移って行くのであった。

二人は言諍いながら先に立った。いつのまにかおそくなった彼の妻がハンケチを顔にあてていた。

「ね、こんなことを言合うのはみっともないし第一貴方の奥さんに失礼よ。私失礼するわ」

と駆け出そうとした松子の頭上に彼のステッキが振下った。

「待て！　まだ話があるんだ。きょうはそう簡単には逃がさないぞ。……ねえ、松子、御馳走するから一寸家に寄っておいでよ」

松子はしぶとい子供のように殴られた頭を手で押えもせず急に表情が消え去った顔を沢田に向けていた。

もういつのまにか彼の家の前まで来ていた。松子は彼の家の前で立留ったまま、何か言っては殴られ、逃げ出そうとしては殴られて頭の皮膚は火傷のようにほてっていた。

松子が殴られながらふと見るとちょうど沢田の家と真向いになる洋裁の看板のある家の窓硝子からそっと覗いている二つの女の顔があった。音が遮られる硝子の中で女が殴られる場面をサイレント映画のように見ている二人の気持を松子はふと想像した。アメリカでは女が殴られているのを見ればすぐに駆けつけて誰かがとめるという話もそのとき頭の中をかすめた。殴る人には殴るわけがあり殴られる人には殴られるわけがあったのだから松子はとめて貰いたいのではなかった。しかし、見たいのなら何故大っぴらに来て見ないのか、見るのが悪いと思うならなぜかくれてしまわないのかという反感が溢れて日本人一般への憤りに拡って行くのはどうしようもなかった。しかしそうは思いながらこういうひたむきな打擲の暗示する情事が日常に屈託している小市民にどんなに薄暗い興味であるかを承認しないわけには行かなかった。

「ね、沢田さん。見て御らんなさい。あそこに面白がってのぞいている人がいますよ」

と言うそばを、二三人の通行人もとおった。

沢田はその窓を見上げた。人に見られていると思ったらいくらか怯むかと思った松子のトリックも効果はなかった。却って沢田はその窓に向って喋り出した。

「皆さん、これが二十年前に私を弄んで捨てた志川松子という女です。どうぞ皆さん顔を見て行って下さい。これが私を捨てた志川松子です」

その口調のどこかに、キリスト教時代の大道説教の口調らしいものがのこっているのが松子にはある感じだった。昔二人がもっとちがう関係のもとにこうして並んで大道演説をしたときにもこの口調だったことを松子は忘れていないのだった。道をとおる人も窓の人もしかし、志川松子なるきいたことない名前には特別な反応を現さなかった。沢田だけにその名前が重大であり、沢田だけに有名であることが沢田に代って松子に沢田の何かの悲哀を感じさせるのだった。それにつけては沢田がいつかかいた告白記事に、筆者たる彼の写真がのせてあったことも思い出せた。松子が沢田との恋愛で何かを得ようとしたように、沢田は松子との破綻で何かを得ようとするのか。そう思うと松子はますます沢田の行動に抗議する気力が麻痺してゆくのを感じた。

「ねえ、家へ入りましょう。志川さんもどうぞ。お願いですから家の中で話して下さいな。私もうここに住むのいや……」

沢田の妻は真赤に泣き腫らした顔からハンケチを外して家のよこの木戸をがちゃがちゃさせていた。松子も入って行くほか仕方がなかった。それから三十分は言うにも堪えない時間だった。沢田と松子とは「かけ、かけぬ」の同じ問題を、一つの紐をといたり結んだりのように繰返していたが、突然沢田は松子のかつて見たことのない威厳で「お前あっちに行って居れ！」と妻に向って命令した。そうして妻が襖をあけて去るのを見ると一緒に沢田は松子を昔彼がしたように畳に押しつけた。その背の畳の硬さには二十年の取戻せない時間の感触のようなものがあった。

「お願いだ。一度だけ——ね、お願いだ——」

「何を言っているんですか。気狂い！　だけど奥さんも奥さんだ。貴女にはこの家の中に立場はないんですか。え？　これでいいんですか。貴女はこれでいいんですか！」

松子ははじめて彼と互角な感情をはって彼に抵抗した。涙があられのようにとんだ。ばたんばたんと揉み合っている松子の耳に彼の妻の泣き声がひびいた。その声に誘われて松子も泣きながら、

「ね、貴方は大体人間が成長するということがわからない人なのよ。貴方はふしぎな人だということが自分にわからないのよ。私は成長したかったのだわ。人の生肝をたべても成長したいという気持わからない？……だけど一生こんな争いをしても仕方がないからきょうは話すわ。徹底的に話しましょう」

松子は、そう口走りながら、細い沢田の腕を捻じ上げた。

〔1948（昭和23）年6月「世界」初出〕

人の命

「転向という言葉は誰が使ってもかまわない言葉でしょうかね。私のような者が使っても滑稽でないんなら、――私もその転向ということをしたわけなんですよ。――」

ある時何かの話のあとで不意にやくざあがりの清さんが言出した。

「へえ?」

と戸迷っている私の表情をあたりまえに見つめながら清さんは、長い間心に蓄えていたらしい自然に筋道の立ったその話をぽつんぽつんと喋り出した。

前置から先に言いましょうね。まず私がどういう者だと言うことがわからないと、この話全体がはっきりしなくなりますからね。

太平洋戦争の雲行きが、どうやらだんだん日本に不利になって来た頃です。世間は出征だ徴用だとさわいでいましたが、私は一年ほど前から殺人犯として巣鴨拘置所に入っていました。その前年の春戸越銀座のあるホテルの経営者信田を匕首《あいくち》の一突きで殺したのです。その殺人の動機は私の心の中では二つでした。が、今もってどちらが私の手を下す決定的な力となったのか自分でもわかりません。

警察も検事局も清は川中一家の勢力拡張のために、荏原一帯にシマをもつ信田をないものにしたのだと見ています。御承知のとおり私の親分の川中は八十歳という高齢なので、こういう風に見て行くと、川中一家の事実上の実力者である代貸の私が自分の勢力をのばす手段として信田を殺したことになるのですが、この見方は、相当当っていました。しかし、も一つ、実を言えば、信田の経営しているホテルに私の惚れた女が働いていました。彼女は、町子といいましたがちょっと人目を惹く派手な顔立ちで気だても素直な女でした。色々な義理事のとき、私が川中親分の名代として信田親分をたずねる事があるときまって彼女が酒席を取持ちました。私はいつとはなく彼女に惹きつけられて相当親しく口を利く仲になりました。しかし、手一つ握ったわけではなく、まして、夫婦約束をしたわけでは勿論ありません。私はどうも情がうすいというのか、女に惚れて目がくらむというたちではないようです。

ところが、町子が信田の情婦であったことがふと私にわかったのです。さすがの私も女に裏切られたようなやるせない気持になるのと一緒に、信田に対しても――恨む筋合いではないかも知れませんが――むらむらっとして、「おのれ!」と思いました。

ある暗い晩信田を調理場の外によび出しておいて大きいごみ箱のかげから匕首で一突きに刺してしまったのは、それを知ってから間もなくのことです。こういう場合の方式どおり、私は自首して、信田のある小さい背信を大きく言い立てました。博徒同志のけんかは、こういう膳立てで行くと殺人まで行ってもせいぜい五六年が相場なのです。所が時世も悪かったのか、徴用のがれの工作がばくろした上傷害の前科も禍して、一審では懲役十一年という重刑を言い渡されました。勿論控訴しましたが、弁護士の不熱心もあって、二審でもまた十年となりました。

普通ならば勿論上訴する所ですが、気短な私は、めんどうくさいのと、川中一家がよこした弁護士に対する面当ての気持もあって若気の勢で、えい、おりてしまえと肚をきめていました。

言渡しのあった次の日です。朝飯が終ると私は独居房の中から何となく扉の外に注意を向けていました。

朝の未決監は、「診察、べんとう、診察、べんとう……」とよんで行く看守のよび声からはじまって、色々な声が扉の外をとおります。この「ぷちゃぷちゃ……べたべた……」と口の中で言っているとしかきこえない声を「診察、べんとう」とき分けるまでには少なくとも二ヵ月の未決生活が必要です。が、も一つ、雑役に押させた手押車の横を歩みながら、「ええキャラメルはいかが、雑誌はいかが」と呼んで行く白衣の行商人みたいな如才ない人間がやはり同じ看守だと知るまでにもその位の期限が必要でしょう。

この行商は、歩合が貰えると見えて、なかなか押し売りします。当時まだ「人」という刑務所新聞を出していた刑務協会が、看守の薄給の補いに、こういう商売を考え出したのだそうです。

そのほか、「髯を揉め！」というかけ声もときどきかかります。拘置所の髯剃りは切れない剃刀のごしごしこすって待っていると髯剃りの順番が来るのです。髯に冷い水道の水をつけて、腹でざあざあ、と三こすりほどこするだけで、両頰と鼻の下とあごの髯を一とこそげにこそげ落すのですから、痛いことはお話のほかなのです……。

さて、その朝の私は、特別待ちもうけるもののある面持で戸の外に聴覚を向けていました。案の定《じょう》看守の靴音が私の独居房の前でとまりました。

「百七十八号、転房だ、すぐ支度をしろ」

「はァ、もう支度はできていますよ」

若かった私は弾むような声で答えて私物を一とまとめにしたふろしき包みを見遣りました。いままでの例で、二審の裁判が終ると思想犯でない限り独居房の未決囚はきまって雑居に移し替えられることになっています。孤独と無聊《ぶりよう》に苦しんでいた血の気の多い私は、この転房をさえ、どの位の期待と憧れで待ちこがれていたか知れないのです。

私はここに入ってから買った鏡、石けん、歯磨、歯ブラシ、太閤記二冊、下着るい、それに町子から来た三通の手紙などを、もう、きのうのうちに叮嚀《ていねい》に整理して、唐草模様のある青竹のふろしきに包んでおきました。

それをひょいと取上げて、外にひらいた重い扉の外に出ました。一年間の棲み家をはなれるとなるとさすがにこの独居房の空気に描きのこした一年間のあらゆる懊悩、悔恨、焦躁などが、一ぺんに頭の中に甦りました。

私はなみなみならぬ見栄坊の意識で自分の事件を茶飯事のように扱って来ましたが、実は、ここに来てから、幾夜もうなされて看守に起されているのでした。

私はぺたぺたと草履の音を立て二階六舎の独居房から五舎の雑居房に向けて歩んで行きました。五舎は六舎の棟つづきのやはり二階の監房です。

とある大きい監房の扉を看守はあけました。

「新入り――」

という掛声に背を突かれて、私はその房に入りました。どうんとうしろの扉がしまります。いよいよきょうから、この雑居房の仲間入りです。

この房はおよそ十畳位ですが、扉口に向けてまっすぐに通った二尺幅程の板ばりの通路に向けて、畳は八畳だけ向い合わせにしてあるだけです。

通路の突当りの壁には私物箱があって、そのよこが総硝子の便所、その上が庭の植込みに向いた窓という配置です。向い合った四畳ずつの畳には四人ずつの男がそれぞれの身なりでうずくまっていました。

こういう所がはじめての私ではありませんから、一番扉口に近い所に坐っている五十がらみの男を監房長と素早く見て、早速型どおりの仁義を切りました。

「む――」

男は聞えるか聞えないか位の重くるしい声を立てただけで青ざめた顔を横に向けてしまいました。その勿体ぶりを見るとのぼせやすい私にはもうむらむらとこみ上げてくるものがありました。今思いかえしてこそ愚かしくも思われますが、そのときには、せいぜいノビの累犯者か何かと思われたおやじから甘く見くびられた憤懣《ふんまん》は相当重大な手傷でした。

「人を見損うな。これでも殺人犯だぞ。てめえ達小泥棒なぞになめられる人間とは人間がちがうんだ」という思いあがりがじろりと相手を見かえした目の中にまで正直に噴き上げていました。

しかし、相手は、青二才の小賢しい目ざしなぞ眼中にない面持で、乾いた落ちつきのない視線を絶えず空間にあちこちとはしらせています。その飢え切って彷徨しているような目つきをしばらく観察していた私の心を言いようもない戦慄がふとはしりました。しかし、取りとめもない私の心は、別にその印象を深く追って行ったわけではありません。

「世間には思いがけない変な奴がいるものだ」と瞬間思っただけです。

変な奴と言えば、この房には、も一人変な奴がいます。それは三十五位の育ちのよさそうなインテリですが、私がこの房に入ったときから、もう昼食配りがはじまろうとして遠くでレールをはしる運搬車の音がきこえはじめた今まで、ずっと、一つの膳箱のふたを汚い布で磨きづめです。

戦争がはじまる頃まではこの膳箱も茶色に塗ってありましたが、戦局が深刻になったいままでは、塗りのない素木のままです。その素木が水分を吸って灰色に古くなったふたを彼はきゅっきゅっきゅっきゅっとよそ見もせずに磨いています。もう灰色の古さのままピカピカ光っていますが、やっぱり同じ速度で磨いています。やがて雑役が昼飯をはこんで来た気配がすぐそこの房あたりにきこえはじめました。皆はそれぞれの膳箱をいそいそと前の板の間に並べて茶碗や皿を中からとり出しました。

この茶碗も皿もこの前私が入ったときには全部アルミ製でしたが、それを軍隊用に全部供出したために、以前売店が売っていた大小不揃の私物の瀬戸茶碗に変ってしまいました。といっても今はもう売店にはそんな品物さえなくなっているので出て行った人達がさんざん使い古したのを受けついで使っているのです。したがって欠けたのやひびの入ったのや大きいのや小さいのや種々さまざまです。こんな所にも政府の不如意な手許が見えていてちょっとあわれでした。しかしこれでは柄杓《ひしやく》一杯の味噌汁を貰うとき小さい茶碗の当った人は損なので、気骨のある者はじき出て行く人に弁当一本位の謝礼を予め出して、のこして行く大きい茶碗をもらうことにしています。が、その弁当一本を思い切れない連中は小さい茶碗で毎日なしくずしに損をしているのです。

さて、外から扉があくと、監房長の例のおやじは扉口から懶い声で、

「ふた！」

とうしろに向いて手短によびました。

「おいっ」

と誰かが答えて自分の膳のふたをさし出します。

「だめだ、汚いじゃないか！」

という手きびしい別の声がして見ると、さっきのインテリがピカピカした自分の膳箱のふたを横あいからさし出しています。監房長はだまってそれを受けとって、一人一人の茶碗をそのふたの上にのせてさし出します。雑役は木の柄のついた丸い杓子のようなもので桶から飯を掬い上げて、掌でその上をすうっと撫でてから、次々にさし出す茶碗の上にぽこんぽこんと型に

抜けた飯を置きます。五という数字が浮いた大豆入りの麦飯でした。

気がついてみると、雑役について来た看守は急に一間ほどはなれてとぼけ面でよそ見をしています。その間に人数よりも三本だけ多く弁当が入りました。

「ははあ、この監房長は、ちょっと顔のきく野郎なんだな」

と思って何となく私はそのおやじの顔を見直しました。そのそばでは、例のインテリが、満足した顔で、自分の膳箱の上にこぼれたぼろぼろの飯をふたのすみへかきあつめて一粒ずつ箸で口にはこんでいます。

ああ、この数十粒を自分のものとするために、自分の膳箱を他人のよりも一段と光らせるあれだけの労働の必要があったのだなと私は深く肯きました。が、それは別に滑稽なことでも深刻なことでもありません。ごくあたりまえなここでの生活の慣習として、空気の感触のように私の心に触れたのでした。

こんなことに気をとられてうっかりしている間に戸口では、最後に私のさし入れ弁当を雑役がさし出しています。

「ええと百七十八号だな。お前か」

看守は帳面を見てから、くらい房の奥に向いて新顔の私をあごで指しました。

「そうです。お手数でした」

看守は私の爪印をとると——重い扉をたたきつけて、雑役のあとから次の房に移りました。

私のさし入れ弁当を受取った監房長は、その間しばらく膝の上で飯粒の白さを享楽しているようでした。が乾いた目をせわしく動かすと、

「うまそうだな。この弁当は俺がもらっておく」

と半分口の中で言ったかと思うと、立って自分の私物箱にその弁当をのせに行こうとします。

「よせやい。この野郎、勝手なことしやがったら承知しないぞ。俺を誰だと思ってやがるんだ……」

私は咄嗟にあり来りの啖呵《たんか》を切りかけましたが、相手が顔役らしいことを思出しましたので急に調子をかえて、

「そりゃ俺だって半年一年で出られる人間なら、年よりのおめえにうめえものを食わしてやる位の人情はなくもないさ。だけどこれから俺は十年も入って来なけりゃならない人間なんだからなあ――」

と半分ひとり言のように言いました。人情的に話しかける形式はとっていますが、実は自分がいかなる兇状もちであるかを裏で語ろうとする充分な企みを含んだ言葉でした。

ここの事情に通じた人間なら、恐らく、私の囚人番号百七十八号という若い番号をきいただけで、私が殺人犯であることはわかっている筈です。が、先刻からの監房長の態度を見ると、重罪犯に対する畏れというものがみじんも見られません。一つはある功名心も手つだってこれははじめにうんとおどかしつけておく必要がある、とさきほどから私は胸算用をして、口の利

き方目の動かし方一つにもある意識を添えていたのでした。しかし、私がこうまで舌を動かして喋ったのに相手は殆ど無感動でさっさと自分の私物箱に私の弁当をのせてかえって来ました。

「おのれ、このおやじ、まだ俺のいうことが聞かれねえのか！」

とうとう私は騎虎の勢で監房長をうしろから打ち据えました。汚いジャンパーをきただけのやせた背中は材木のような感触でした。

こんなさわぎを起したために人よりも一番あとで、私はさし入れ弁当をたべ終りました。私の食事がすんだすぐあとで監房長がよび出されて運動に出て行きました。

「変な野郎だな。あの野郎の罪名は一体何なんだい」

と早速私はそばに坐っている四十がらみの男にききました。

「あれは死刑囚だよ」

と二人ばかりの人間が口をそろえて私に教えました。おどろいたろう、とある種の手柄顔さえある輝いた顔をさし出しながら。

「へえ、死刑囚か……」

と私はかるく呻いて、さすがに考え込みました。顔色もかすかに変ったようでした。

「何をやったんだね」

「強盗、強姦、殺人、猥せつ、という長い罪名なんだ」

と四十男が一句一句を句切ってはっきり言いました。その淀みない口調はいかにもこの軽罪者の彼に対する毎日の強い関心をそのまま現していました。

「確定したのかね」

「そう、上訴が却下されてもうしばらくになるから、きょうあすにもこれだよ。あれは、確定してから百日以内に執行ということになっているんだからね」

私は、ふしぎな感情の真空を感じて、まただまり込みました。

四十男は若い私の動揺を見るといたわるように私のそばに寄って来ました。

「お前は軽はずみだったな。死刑囚というものは、一人殺せばまた三月なり半年なりその裁判中だけは生きのびられるものなんだから、いつその気になるかも知れないんだよ」

そういうことは、私もよくきき知っています。警察の留置場にいた頃、貰い子殺しの死刑囚と一つの監房にいたことのある詐欺と一緒になったことがあります。彼の話によると、その貰い子殺しもよく他人の弁当をほしがりました。そして、相手が応じないと自分の手拭をとって、鉢巻をするときのように両手でねじりながら、

「こうなれば一人殺すも二人殺すも……」

とつぶやきながら気味悪い目つきで相手の首すじを見つめます。仕方なく皆が自分の弁当を分けてやるのだそうです。

私の悄気た顔を見るとそのときにも膳箱のふたを磨いていたインテリがはなれた所から、

「謝れ。あっさり謝っちゃうんだ」

と言っています。

「そうだ。何とかうまく言って妥協しちまうんだな。それに……」

四十男は何となくそこで言葉を切って急に狡猾《こうかつ》そうな目の光で私をながし目に見て、

「死刑囚がいる限りここにはいつだって、弁当の余分が入ってくるんだから、あの男の機嫌をとっておいて損なことはないんだよ」

私は皆が親切ごかしに言うことをなるほどと思いました。が、私の性格としてさっき啖呵を切った男の前で掌をかえすようなことが言える筈はありません。まごまごしながら、その日の午後の時間はたってしまいました。

監房長は午後になるといつのまにか顔いろもよくなり、よく口も利くようになりました。

やがて夜になりました。ねる時になって、私はちょっと弱りました。昼の間こそ、監房内の自治みたいな不文律で、入った時日の長さに応じて監房長が扉口、次に古い者がその横という風に並んで坐りますが、夜になると拘置所の規則によって囚人番号順に並んで寝なければならないのです。

そうなると、一番奥にねる百七十号の彼の次が百七十八号の私というわけで、私は彼のとなりにねることになったのです。

その晩私は、殆ど熟睡しませんでした。彼は睡っているのかいないのか、寝返りもせず蒼ざめてやつれた粗い膚をま上の天井の電灯に照らされながら、ぷう……ぷう……ぷう……と袋に空気が入ったり出たりするような呼吸をつづけています。

この五舎には、ほかにまだ確定していない死刑囚が二人いると昼間ききましたがどうやらその方角らしく、

「あっ、あっ、あっ、あっ!」

というけたたましいうなされ声がときどききこえます。そのたびにこつこつと靴音がして扉の外から看守が起しています。

朝になりました。看守が「起床、起床……」とよんでくるまではねていてかまわないのに、私の横の例の百七十号はいつのまにか起きて坐っています。

ぼそぼそ起出た私は彼の顔を一と目見たとき何だか信じられない思いがしました。その顔はすきとおるほど真蒼で絶対に生きた人間の顔ではないのです。起床の命令があって、皆は幅のせまい布団をたたんだり手箒で床をはいたり拭いたりしていますが、百七十号の監房長は綿埃の中に扉へ向いて坐ったきり動きません。

「どうしたんだね」

私はきのう中に親しくなった四十男に、そっと監房長をあごで示してささやきました。

「いつ執行命令が来るかわからないんだからね——もし来るとすれば、九時の看守の交代前ときまってるんだからむりもないよ」

ふうむ、と肯く拍子に、私までがいくらか蒼ざめて動悸がして来たような気がします。恐ら

く彼の生のいまの一分間は、過去の湯水のように使い捨てた生の一年間分にも当っているかも知れません。貧乏人はふけて見えますから、ああ見えても、彼の年齢は多分五十歳前後でしょう。平凡に寿命だけ生きるとすれば、まだ十五年や二十年は生きられるわけです。その残りの十五年か二十年かのいのちを、彼は今の三十分か一時間かに圧縮して生きようと必死になっているのでしょうか。

やがて朝飯です。例のインテリはまた、きのうと同じ男のさし出す汚い膳箱のふたをしりぞけて権利の如く自分のピカピカしたふたを監房長にさし出しました。

ゆうべの晩飯のときにも、ふたのことではその男とインテリとの間に小競り合いがありましたが、いまもまた汚いそのふたをインテリがしりぞけているのを見ると、私はかえってしりぞけるインテリよりも、しりぞけられるとわかっていながら汚い自分のふたを毎度さし出す男の方があわれで意地汚く思われました。

雑役は膳ぶたの上にのせた茶碗に大柄杓で味噌汁を注いでいます。柄杓は大きいのに茶碗は小さいので味噌汁はふたの上にだぶだぶこぼれます。やがて味噌汁を配り終ったときには、相当の味噌汁がふたの上に溜っています。

石のようにだまった監房長からふたを受けとったインテリは、溜った味噌汁をこぼさないように慎重な歩み方で自分の畳にもどるとふたを傾けて何ともいえない食欲の歓びを唇で鳴らしながらそれを吸いました。

監房長はと見ると、彼は、自分の前に自分の弁当と、別に余分に入った二本の弁当とを並べておいたまま箸もつけずに扉にもたれています。いまに、気に入りの者に頒けるのだろうとうかがっていますと、そうでもなく、やがて立上って、自分の私物箱に三人分の弁当をしまってしまいました。

しばらくたちました。九時がすぎたと見えて、自宅から出勤して来た交代の看守の声が廊下の彼方にきこえました。

毎朝のことですが、新しく出勤して来た看守の声は朝の雀の声のように新鮮です。

「ああ、もう九時すぎたんだね」

と誰かが耳をすますようにして言いました。これは多分監房長に危険な時刻のすぎたことを知らせる親切だったのでしょう。

ところが、監房長はもうとっくにそれを知っていました。彼は返事もせずそのとき元気に立上りました。何をするかと見ていると、さっき片づけた弁当をとりに行ったのです。

実際、彼の言いようのない顔色と態度を見せつけられていると、まるで頭の上から重石をのせられているようで早く彼と一緒にその危険時刻を立去りたいのが、皆の切実な念願なのです。

彼は、弁当をたべはじめました。さっきは一粒ものどを通らなかった飯を、いまの彼はぱくぱくとうまそうにたべています。一人分の弁当をぺろりと平げて、瞬く間に三人分の弁当を食べ終りました。これはまた恐るべき食欲です。

その頃から、彼の機嫌はすっかりよくなりました。誰かが私に、

「お前は何で入って来たんだ」

とたずねたことからはじまって、一としきり、自分の犯罪経歴に関した話題がはずみました。

「おいおじさん、きょうは一つ、おじさんの、強姦殺人猥せつというやつをくわしくきこうじゃねえか」

と誰かが監房長の機嫌のよいのを見てひょっくり言い出しました。それこそ私もききたい絶好の猟奇譚です。

すると、今まで晴れやかだった監房長の顔がけわしく曇って、

「それだけはきいてくれるな」

と重くるしく言いました。その前から私は自分でも意識できる程若さを輝かせた顔を彼の顔に合わせて、多少媚をふくんだ微笑を絶えず送っていました。口ではどうも妥協の言葉まで言えないですからなしくずしの狡い方法で、彼の気持を取成そうとしていたのです。

やがて、また彼は運動につれ出されました。

「強盗、強姦、殺人、猥せつて、一体どんなことをやったんだね」

私は一度きいただけの長たらしい罪名をよく覚えていて、四十男にたずねました。

「奴さん、あれだけはどうしてもかくすつもりらしいんだが、実はこういうものがあるんだよ」

と彼は、監房長の私物箱から、領置《りょうち》に出さなかった予審決定書の綴りを引っぱり出して来て

見せました。もう既に一度はみんなが盗見していると見えて、私以外に手を出す者はありません。官庁的な乾いた文章でかいてはありますがそれをよんでいるうちに、私の頭の中に一つのイメージが次第にでき上って行きました。

――気候は春です。北関東の山中のときわ木の間にもこぶしの花がさき、栗の花の強い匂が匂って来ます。うぐいすの下手ななき声もどこかからきこえています。空気の感触が何か人間の肌の感触を思わせるような晩春のひるすぎです。

さっきから、若い娘たちの喧しい嬌声が林の向うにきこえていましたがすくすくと立った杉木立の間を列をつくってくだってくる女学生のユニフォーム姿がちらちら見えはじめました。

「遠足だな」

発電所工事の飯場にのぼって行くために、道ばたの岩に腰かけて煙草を吸っていた二人の土工がありました。

「今ごろ行っても、峰にはまだ雪があったろう」

「さあ、もうないな。――つつじが咲いてるもの」

二人は何となく沈黙しました。ちょっと意味のある沈黙でした。そのとき、

「先に行ってエ――先に行ってエ――見ちゃいやよ」

と列に向いて手を振りながら、十八位の女学生が林の中の日かげにとび込んで来ました。二人が腰かけている前には去年の茅が灰色に枯れて折れたまま、根元にちらちらと緑を噴き出さ

せて藪のように視野を遮っています。女学生は、そこに人間がいるとも知らず、うしろから見えはしないかとそちらばかり気にしながら、手早く下ばきをこき下げて桃色の股を見せながらかがみ込みました。白いキャラコだけが鮮に見えました。

「………」

それを見ていた一人の土工がも一人に何か囁きました。も一人は返事をせずに立上って、どんどん向うに歩んで行きました。

残った方の土工はいきなり女学生の前に現れて、下ばきを下にさげたままの彼女を捕えました。ぼきぼきと茅の折れる音がしました。彼女はすぐに取りひしがれていました。けたたましい叫び声はいたずらに杉の梢にこだましただけです。それはほんの短い時間でした。やがて、見はりをしていた土工がかえって来て、こちらの土工と替りました。この男が、現在百七十号と呼ばれているこの監房長なのです。

女学生はもうぐったりして、じくじくと水の噴き出したぬかるみの地面に柔かな髪の毛をぐっしょり浸したまま仰向けになっていました。

彼は、前の土工がしたことと同じことをした上さらに、男同志の間によく行われる行為をも試みました。女学生は、すっかり正気を失って柔くなっていましたが、ささやくような微かな呼気が、尚可愛らしく二つ並んだ鼻の穴から洩れていました。

土工は大きい手でその彼女を扼殺《やくさつ》しました。彼が立上ってふと見下すと、その場から二尺ほどはなれた黒土の上に、あかい小さな蟇口が口の締まらない程紙幣を入れたまま転がっていました。彼はそれを拾って自分の腹がけの丼に入れました。二人は何か言い合ってから、死体を引きずって行って、柔い土のある所に埋めてべつべつに用心ぶかく立去りました。多分、も一人の方は、殺すとまでは考えていなかったのかも知れません。

発覚してから、も一人は無期を言い渡されて二審で服罪しました。一審でも二審でも死刑を言い渡された百七十号は、上訴して今日に至ったわけです。

「奴さんが特に知られたくないのは、そのとき××したという事じゃないかな」

と男同志の間に行われる行為のことを四十男が言いました。そういうものかなと私は思ってきいていました。

夕暮になると、誰でもが感情的になる一と時があります。ふと気がついて見ると、監房長は壁に向いて、じっと動かずに「なむあみだぶつ……なむあみだぶつ……」とつぶやいて居ます。

その晩も私はやはり安眠するわけには行きませんでした。彼はときどき寝返って、私のふとんの上に足をのせることがあります。私はぎょっとして、水を浴びたように目をさまします。たとえ、新入りの日に私のしたことを彼が宥しているとしても、彼が生きのびるために再び殺人をしようと思うなら、別に怨恨はいりません。どちらにしてもさしずめ、手近な所にいる私がその相手に選ばれる可能性が一ばんあるわけです。

しかし、その晩も、べつに変ったことはありませんでした。朝になるといつものとおり、彼はまるで見ていられないほどの懊悩ぶりです。そのくせ昼になると弁当を人の分まで平げます。

この頃のある日、私はふとしたことから彼と仲直りしました。そのあとで、

「あんたもう心配しない方がいいよ。この戦争はもうじき勝つからね。そのときは皆大赦になるそうだからあんたの死刑まで吹っとんじゃうよ」

と私は出たら目の慰めを言いました。彼に何か言うとすればこうでも言わずにはいられません。

「そうだろうか。出るとしても、着る物がないね」

「着るものなぞ心配いるもんか。昔憲法発布で大赦があったときには、監獄の前に市がたったそうだよ。そのときには金の少し位融通してあげるよ」

と私は言いました。

ところが、ある朝八時ころ、

「百七十八号面会」

という声がかかって、扉がいきなりひらきました。看守がその百七十八を「百七十……」と言いかけたときの彼の表情を私は一生忘れることができません。顔はまっ白になって、目はつり上り、全身は小刻みにゆれていました。てっきり、「百七十号……」とよぶものと彼は直感したのにちがいありません。

これは、川中一家のものが、私の服罪を知って、面会に来たのでした。ところが、その翌朝

のやはり八時ころにもまた同じことがありました。彼の受けた衝撃は全くきのうと同じで見るに堪えませんでした。

私は、理由は言わずにもう決して面会に来てくれるなと川中一家のものにたのみました。この頃から私は彼に対してふしぎな好意をもちはじめました。理由を言えばあなたはお笑いになるかも知れませんし、またはっきりわかって頂けないかも知れませんがつまり言えば、彼が私を殺そうとしないからです。

私は、自分が信田を殺したときの気持や、監房長が女学生を殺したときの気持を、この頃色々と考え直してみるようになっていました。しかし、どう考えてみたところで、これらは取返しのつかないことです。

しかし、彼が今ここで生きのびるためにとなりにねている私を殺さないということは素晴らしいことではないでしょうか。人間はたとえ自分が熾烈に生きたがっている今のような場合でも、その代償として理由なしに他人は殺せないものだということは大したことではありますまいか。

私は、物知りの四十男に、

「死刑囚が生きのびるために監獄でまた人を殺すという考えはよくきくことだが、実際にそういうことが行われたことはあるのかねえ」

ときいてみました。四十男は考えていましたが、

「いや、よく言う話だが、実際にはふしぎにまだ一度もそういうことはきかないね」

と言います。そうだろう、と私はなぜか嬉しくなって答えました。

それからしばらくしたある朝のことです。七時半ころ書信かきに出ていた者に対して、

「書信中止」

という看守の命令がきこえました。一番さきにどきんとしたのは私です。というのは、私がまだ独居にいた頃同じ「書信中止」の声がかかったので何だろうとあとで雑役にきいたら、

「きのうギイバッタン（絞首台）の下の地下室を内掃（屋内掃除の雑役）が掃除に行ったから、きょうはギイバッタンがあるんだよ。こないだ確定したドイツ人のスパイをやるんだろう」と言ったのです。

あのときのことを思出して、さては！　と私は百七十号をぬすみ見ました。この五舎には三人死刑囚がいますが、確定しているのは百七十号だけですから。

「臨時ニュースでもあるのかい」

と言っている者もありますが、断じてそうではない筈です。

やがて靴音がして私達の監房の戸口に二人の看守が立ちました。

「百七十号面会だ」

と一人が言います。監房長は真蒼になって身動きもしません。

「百七十号、出ろ、出ろ、面会だ」

ともう一度言ってから、二人の看守は靴のまま入って来て、両脇から、百七十号をかかえて立たせました。

よろよろとゆれながら、百七十号は扉口に出ました。一人が草履をはかせますが指がけいれんしていてはけません。

強いてはかせた草履を片足ずつコンクリートの廊下に間をおいてぬぎ残したまま彼は両脇を抱えられて渡廊下を女区の方に向って去りました。

「さあ、きょうはどの看守が紐を引くんだろうな。あの紐を引けば、一升分の酒肴を貰って、その日は休みになるんだよ」

と四十男は得々と物知り顔です。私は、蒼ざめた顔で、なぜともなく、その男の横顔をはりとばしたくなりましたが、だまって、じっとうつむいていました。

――さあこれが、私の人を斬る商売をやめるきっかけになった気持の原因です。私も人殺しはもう絶対にやらないつもりですが、死刑というあの刑を何とかやめさせるわけには行かないでしょうかねえ。

〔1950（昭和25）年7月「風雪」初出〕

P+D BOOKS ラインアップ

天使　遠藤周作　●ユーモアとペーソスに満ちた佳作短編集

白い手袋の秘密　瀬戸内晴美　●「女子大生・曲愛玲」を含むデビュー作品集

ゆきてかえらぬ　瀬戸内晴美　●5人の著名人を描いた樹玉の伝記文学集

耳学問・尋三の春　木山捷平　●ユーモアと詩情に満ちた佳品13篇を収録

青春放浪　檀一雄　●小説家になる前の青春自伝放浪記

イサムよりよろしく　井上ひさし　●戦時下の市井の人々の暮らしを日記風に綴る

P+D BOOKS ラインアップ

草を褥に　小説 牧野富太郎　大原富枝　●植物学者牧野富太郎と妻寿衛子の足跡を描く

激流（上下巻）　高見順　●時代の激流にあえて身を投じた兄弟を描く

貝がらと海の音　庄野潤三　●金婚式間近の老夫婦の穏やかな日々を描く

せきれい　庄野潤三　●〝夫婦の晩年シリーズ〟第三弾作品

庭のつるばら　庄野潤三　●当たり前にある日常の情景を丁寧に描く

早春　庄野潤三　●静かな筆致で描かれる筆者の「神戸物語」

P+D BOOKS ラインアップ

お守り・軍国歌謡集　山川方夫　●「短編の名手」が都会的作風で描く11編

天上の花・蕁麻《いらくさ》の家　萩原葉子　●萩原朔太郎の娘が描く鮮烈なる代表作２篇

ブルジョア・結核患者　芹沢光治良　●デビュー作を含め著者初期の代表作品集

海の牙　水上 勉　●水俣病をテーマにした社会派ミステリー

但馬太郎治伝　獅子文六　●国際的大パトロンの生涯と私との因縁を描く

無妙記　深澤七郎　●ニヒルに浮世を見つめる筆者珠玉の短編集

P+D BOOKS ラインアップ

魔法のランプ	澁澤龍彦	澁澤龍彦が晩年に綴ったエッセイ29編を収録
悪魔のいる文学史	澁澤龍彦	澁澤龍彦が埋もれた異才を発掘する文学史
ベトナム報道	日野啓三	一人の特派員 は戦地で〝何〟を見たのか
夜風の縺れ	色川武大	単行本未収録の39編と未発表の「日記」収録
街は気まぐれヘソまがり	色川武大	色川武大の極めつけ凄観エッセイ集
こういう女・施療室にて	平林たい子	平林たい子の代表作二編を収録した作品集

（お断り）

本書は１９９６年に講談社より発刊された文庫を底本としております。あきらかに間違いと思われるものについては訂正いたしましたが、基本的には底本にしたがっております。また、一部の固有名詞や難読漢字には編集部で振り仮名を振っています。

本文中には小使、看護婦、薹のたった女、養老院、女給、情人、跛、家政婦、派出婦、ブリキ屋、盲、八百や、部落、手落ち、浮浪者、片輪、苦力、女中、娼妓、婦長、妄想狂、支那、支那人、畸形、気狂茄子、妾、家長、国賊、気狂い、土工、女学生などの言葉や人種・身分・職業・身体等に関する表現で、現在からみれば、不当、不適切と思われる箇所がありますが、著者に差別的意図のないこと、時代背景と作品価値とを鑑み、著者が故人でもあるため、原文のままにしております。

差別や侮蔑の助長、温存を意図するものでないことをご理解ください。

平林 たい子（ひらばやし たいこ）

1905（明治38）年10月３日―1972（昭和47）年２月17日、享年66。長野県出身。本名タイ。1947年『こういう女』で第１回女流文学者賞を受賞。代表作に『砂漠の花』『秘密』など。没後、遺言により「平林たい子文学賞」が創設された。

P+D BOOKS とは

P+D BOOKS（ピー プラス ディー ブックス）とは
P+Dとはペーパーバックとデジタルの略称です。
後世に受け継がれるべき名作でありながら、現在入手困難となっている作品を、
B6判ペーパーバック書籍と電子書籍を、同時かつ同価格で発売・発信する、
小学館のまったく新しいスタイルのブックレーベルです。

こういう女・施療室にて

2023年12月19日　初版第1刷発行

著者　平林たい子
発行人　五十嵐佳世
発行所　株式会社　小学館
〒101-8001
東京都千代田区一ツ橋2-3-1
電話　編集　03-3230-9355
販売　03-5281-3555
印刷所　大日本印刷株式会社
製本所　大日本印刷株式会社
装丁　おおうちおさむ　山田彩純
（ナノナノグラフィックス）

ISBN978-4-09-352478-0

P+D BOOKS